清懷文錄

黃坤堯 著

本創文學 95

清懷文錄

作　　者：黃坤堯
責任編輯：黎漢傑
設計排版：D. L.
法律顧問：陳煦堂 律師

出　　版：初文出版社有限公司
電郵：manuscriptpublish@gmail.com

印　　刷：陽光印刷製本廠

發　　行：香港聯合書刊物流有限公司
香港新界荃灣德士古道 220-248 號
荃灣工業中心 16 樓
電話 (852) 2150-2100 傳真 (852) 2407-3062

海外總經銷：貿騰發賣股份有限公司
電話：886-2-82275988 傳真：886-2-82275989
網址：www.namode.com

版　　次：2024 年 4 月初版
國際書號：978-988-70340-5-6
定　　價：港幣 88 元　新臺幣 320 元

Published and printed in Hong Kong

香港印刷及出版

目錄

貳、《清懷聯語》

自序

文章載道，風月生春；臨流躑躅，對景徘徊。感韶華之易逝，覆海水以騰飛。物饒天寶，詎識時光殷鑑；人擇地靈，偏憐風雨祥雲。萬方輻湊，幾度興衰。羨東方之珠耀，逐南國以花飛。偕秋雲其容與，涉冬歲兮凋零。札根灣岸，寄語詞林；白話風行，桐城道險。大雅辨雄才，長慨斯文之偉烈；離騷見素心，更期學海以傳燈。武庫清霜，寒光不絕；危崖墜簡，窮困彌堅。讀聖賢書，所學何事？懷江海客，共證浮生。

歷年從事寫作，新舊兼賅；撰製文言，期於實用。多屬序文碑記，賀壽弔喪；或藉應酬社集，托意幽懷。匯編一卷，見歲月之潛行；珍惜毫芒，悟英華斯漸杳。檢視舊作，愈覺微茫；回望前塵，不忍瑕棄。至於讀書筆記、學術探源，舊學商量，資料整理；此皆個人成長階梯，亦備文苑芳菲綻放。其中〈啟功《蘭竹圖》〉臨場示範，以畫幅為試筆，清新脱俗，嘆為觀止。至於〈滄海樓藏名家刻印〉，得覩現當代李尹桑、師實、虞民、鄧爾雅、馮漢、胡毅、黃高年、馮康侯、盧鼎公、林千石十家印存，龍蛇夭矯，變化萬千，見印學之傳承；跌宕風流，微言大義，識滄桑之幻變。

次輯聯語撰製，恰配應用機宜；文學因緣，更藉聲情韻律。嵌名寫意，或以新巧為宜；新春慶賀，亦添駢儷之句。遊戲人間，漸趨依稀幻境；棲遲古道，尤覺玩樂隨心。為學歷程，大抵呈現。三輯彙錄〈溥心畬《古木幽巖》圖卷〉，得師友賦詠二十五家，淋漓墨瀋，相得益彰；風雲際會，非比尋常。癸卯臘月，黃坤堯序。

壹

《清懷文言》

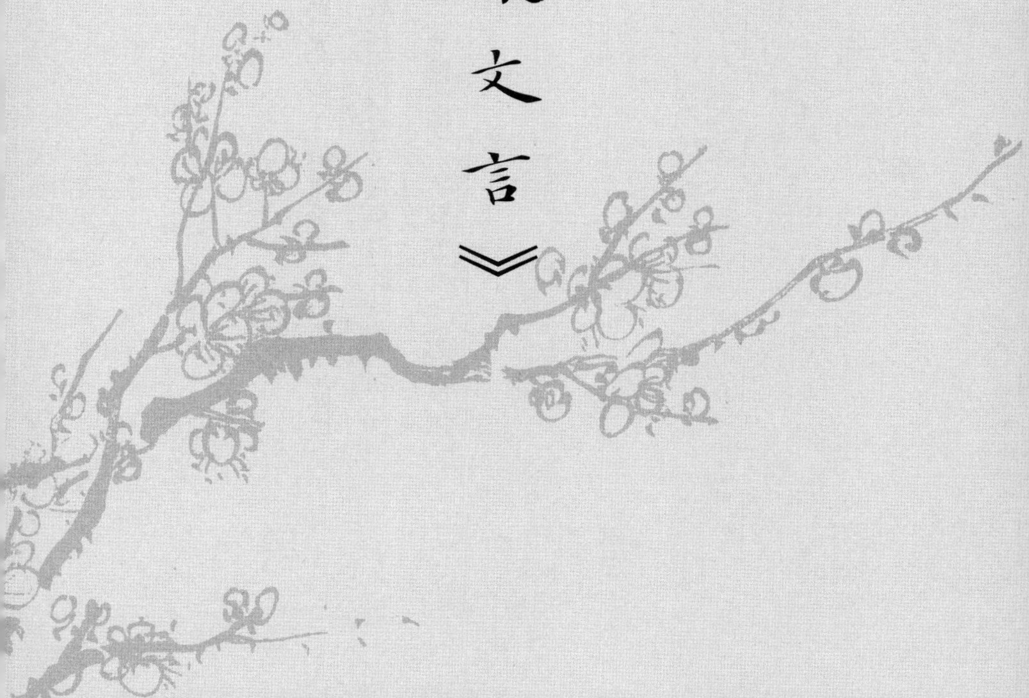

《毋悔詞稿》弁言

讀書人所重者，唯氣節而已。無氣節則所言必成空談，更遑論天人之際，成己成物哉？詞雖小道，可以涵養性情，改移風會。然絕學振衰，每見譏於時輩；片言冥悟，豈存悔於平生！千古孤臣孽子，希聖達賢，成敗之間，不移方寸，要其所以軒昂突兀者，毋悔一也。用名吾詞。癸丑新歲初五日序。（一九七三）

澳門路環黑沙獅子亭記

自路環市區迤邐而入，山徑蜿蜒，疏林掩映，有灣廣袤，孤懸島南，倚層巒而開重洋者，黑沙是也。新浴靚妝，每添嫵媚之姿，煙波浩瀚，倍貽遐外之想。水光溶洩，潺潺瀉於胸間，黟沙平滑，細細踩乎腳下。祥日當空，清風徐至，臨流躑躅，意如之何！或泉石寄傲，看童稚戲逐，或涼陰煮樂，偕親友言歡。遠處則青山橫臥，鳥啼都帶諧趣，眼前則村舍錯落，犬吠交加相聞。自非閒逸，偶緣淨土，心唯滌蕩，更洗塵埃。夫浮沈載適，暑氣頓消於永夏，登臨稱快，鴻爪馳騁於千秋。惟雷雨來襲，易濕衣衫，驕陽逞烈，更欺行旅。澳門獅子會同人嘗念及此，因本一貫宗旨，奮乎宏願，行諸事工，服務社會，造福人群，故發動會眾，備襄美舉，並荷國際獅子會三〇三區香港諸友會聯合贊助，爰建斯亭，俾供詞人勝覽，遊客憩息。則抱月踏歌，固足棲遲之意，刻碑勒字，庶生顧盼之情。區區微意，奚敢言功？竊效前人植樹云爾。是為序。丁巳孟夏。（一九七七）

澳門培正中學簡介

本校為基督教浸信會學校。一八八九年創辦於廣州，擇地三遷。先在東山購地建校，始奠根基；嗣後校務躍進，聲望日隆，享譽全國，名播海外。抗戰爆發，黃故校長啟明為維持教育於不斷，一九三七年率員生遷校鶴城，一九三八年遷校澳門，此乃澳門培正之始。時又分在坪石、桂林設培正培道聯合中學，以照顧離散學子。

太平洋戰起，港陷，港校教職員併集於澳。由林故校長子豐鼎力撐持，領眾共渡難關。戰後穗、港復校，澳校仍留設濠鏡。尋且購置盧家花園半部為永久校址，合七萬二千餘方呎。迄今已卅九載，絃歌不絕。培正校史不致中斷，前人之功固偉；承前啟後，澳校亦為關鍵之所繫也。

澳校課程向以香港中學會考及中文大學入學試課程為標準，參以香港中學教材為依據。訓育上恆保持傳統嚴謹校風，配合宗教教育。校務逐年發展，實有賴於校友、家長、社會人士之愛護支持，師生之努力合作有以致之。

年來澳校學生人數迭增，已逾二千三百人。而投考者眾，額滿見遺者多。更以原有校舍不敷應用，圖書館、實驗室未符理想。為適應目前發展，校董會決議進行籌募擴建：擬將橫門側之舊平房拆除，增建五層樓之新校舍一座，又將舊樓之側翼拆卸，改建幼稚園遊戲場與擴大前操場。成事有日，將更有助我校之發展也。（一九七七）

澳門培正中學擴建校舍募捐小啟

培正肇基於一八八九年，設校廣州，其後人事倥偬，慘淡經營，伏賴神恩眷錫，霜雪彌堅。履抗日之烽煙，未墜素志；仰前修之奮發，更育才英。遂先後播遷於鶴山、坪石、桂林、港澳間，而足跡遍兩粵矣。春風化雨，時見棟材，綠葉滋陰，澤被寰宇，此歷屆校友之激揚蹈厲，差堪告慰也。今澳校創建亦垂三十九載，篤實勤儉，團結精誠，惟以辦學為務。

夫教育之目標，承前啟後，庶其必成。既啟發興趣，精研科哲，更鼓舞意志，服務桑梓，故邇來壹以香港中學會考及中文大學入學試課程為標準，參之以港校先進教材，守之以傳統純樸校風，尤注重宗教陶冶，體育鍛鍊，認識社會，實事求是，而德智體群靈五育備矣。

本校校舍座落盧家花園，約七萬餘方呎，雖兩度擴建，惟學位有限，未克入學者仍眾。今全校計共四十二班，二千三百餘人，為配合發展需要，提高教學質量，因擬增建五層新型校舍乙座，又擴充圖書館、實驗室及幼稚園，添置設備。此外更拆除舊樓側翼，改建幼稚園遊戲場及拓展前操場等，日新又新，俾趨完善。除盡力籌措，刻苦經營外，特籲請社會各界熱心人士及家長，一本過往之愛護熱忱，多予支持。尤以海內外校友，更盼發揚紅藍精神，踴躍捐助，則集腋成裘，玉成美舉，非惟學子之幸，亦澳門教育事業之厚望也。澳門培正中學擴建校舍籌募委員會主席林思顯謹啟。（一九七七）

澳門培正中學九十校慶頌並序

維主降一九七九年十一月吉旦，母校舉行創校九十週年紀念感恩會。同人等忝屬紅藍弟子，謹具蕪詞，藉申賀忱。

溯自母校肇建羊城，九秩於茲，遭時艱虞，播遷屢繼。尤以抗戰軍興，神州鼎沸；人似斷蓬，地猶焦土。而百年之計，未嘗或斷。港澳母校一息所繫，繼往開來，同氣連枝，相承基業。今世界長足發展，一日千里，母校因應形勢，栽培後進，以設制度，以立規模，日新又新，可斷言也。際茲九秩隆慶，鋪揚盛德，則龜鶴延年，南山同壽；雖人事代謝，而基址穩存。譬猶海角之明燈，山間之魁杓。耆齡遐歲，輝映千秋；師道尊嚴，表儀萬世。故百煉成鋼，得繞柔指，屈伸變化，神明具在矣！二三子鹿洞升堂，得聞緒論；程門立雪，寧敢辜恩。身居六合，未嫌遠近；心猶葵藿，莫不傾陽。服務社會，勤宣令德；潔身修好，每顯嘉聞。本源所漸，未敢或忘也。頌曰：

繄我母校，屹立南疆。高山仰止，德業流芳。
宏基三擇，肇址五羊。至善至正，永誌不忘。
範圍天地，經緯陰陽。與時遷化，國本唯強。
既崇科學，復倚文章。立身行道，基督孔彰。
洎乎戰亂，羈旅倉黃。攀越山嶺，累換星霜。
桂林坪石，培道相將。中流砥柱，港澳聯纏。
漪歟往哲，創業輝煌。耄矣遐壽，龜兆禎祥。
更新承運，桃李增光。四海同賀，祝嘏稱觴。

澳門培正同學會同人敬賀。

《清懷詩稿》序

詩者、所以發抑鬱，揚志氣，觀吐屬，淬辭章者也。風雨江山，自傷懷抱；闌珊燈火，竟遇斯人。楚女含情，偶緣託寓；武城弦管，冀睹太平。世亂方殷，樂土難求，逃禪逃酒，宜古不宜今；希聖希賢，見嗤復見憫。踽踽獨行，流連歌酒；翩翩蝶舞，惜取春心。境隨事遷，因緣幻化；其丁巳前作，別為一卷。為學階梯，略誌鴻爪云耳。丁卯秋日偶記。（一九八七）

《沙田集》序

自己巳迄乙亥，得詩詞若干首，編為二稿。一為《和東坡詞》，一為《清懷續稿》。前者蓋應伯元師之約而和坡作。師依次和韻，從容自適；余選調擇意，力有不逮也。和詞仿原作平仄協韻，省檢詞譜韻書，而旅途尤便焉。或手上無坡集，而適有伯元師和作，亦足敷衍成章也。斯集固不敢追攀坡仙逸韻，嫵媚多姿；亦未臻伯元師之堂堂境界，正氣凜然；但求抒情寫意，雕琢景象云耳！積稿半帙，未濟全功。後者續延前緒。溯自己巳遷居沙田，市廛擾攘，而境遇平和，湖山可樂。復以珠還合浦，時議縱橫，波瀾壯闊，微有會心。斯集無以名之，乃曰《沙田集》，菩提無樹，日月含情，後之視今，生滅不盡。末附《贈言錄》者，乃依前集體例，師友唱答，雪泥鴻爪，金玉良言，珍重可念。乙亥秋閏清懷序意。（一九九五）

饒宗頤教授八十壽序

夫潮州東粵重鎮，南海雄疆，山河表裏，民殷物阜。久沾韓公雨化，鱷溪寧帖；仰承蘇子風流，鳳水涵芬。自是齊民學子，篤於詩教，守道愛人，號稱易治。歷宋元明清，彬彬愈盛，風騷代興，固可期也。潮安饒固庵教授，飽飫山川靈秀，魁星耀采；復得家學熏陶，文德蹈勵。天之生才，承時奮起，文采華茂，學養淵深。壯年未及冠，整理潮州藝文，二十初萌，纂修廣東通志；一鳴驚人，時議厚望。壯歲行遊，宣文港大；詩書刪定，講學星洲。桃李栽成，拓宇開疆，流風廣被，慕化嚮善。漢學南傳，斯文一脈，方之韓蘇，豈有愧色哉！尋而遠訪巴黎，摩挲敦煌手卷；情歸印度，探索東土文明。周遊列國，振動天下。歸港教授中大，壅培幼苗，裁度枝葉，滿與盛與，期於至善。及功成身退，猶講論不輟，窮年兀兀，壯心未已，後生學子，不勝欽慕焉。嗟乎！固庵教授才情豔發，兼擅琴畫詩書；百家融貫，出入經史子集。抒情寫志，創作弘富；而著述等身，更難並舉。大抵史地道佛、文獻考古、語言文學、音樂藝術諸科，靡不兼包並蓄，異采紛呈，蜚聲國際，允稱一代文宗。固庵教授近年獲頒法國文學藝術勳章，而潮州則創建饒宗頤學術館，江河增勝，鄉里添光，名山事業，永垂不朽矣。今歲丙子五月上浣，恭逢先生八秩攬揆之辰，同人夙承教益，久挹芝儀，爰共獻文，以介眉壽。敬晉一卮，福壽無量。弟子黃坤堯謹序。（一九九六）

祭蘇文擢教授文

維公元一九九七年五月十一日，香港中文大學聯合書院院長李卓予謹以清酌庶羞之奠，祭于蘇教授文擢之靈曰：

嗟乎人心惟危，世路瘡痍；化性去偽，宗仰人師。先生持教綦嚴，垂範待時；員生趨騖，日月無私。卓予忝為同事，雖文理殊途，久而相知。比聞變化氣質之論，一表容儀；及見校園題詠之美，歷數豐碑。中庸云：「小德川流，大德敦化。」正本清源，淑氣潛滋；而學者明恥盡性知義守禮，教化可期矣。蘇門多士，文教緝熙；明德新民，校訓永垂。駐校廿年，絃歌不輟，弟子相隨；退居林下，樂天知命，精神無虧。繼往聖之絕學，審通儒之瑰奇；雖形骸之抱病，見文采之淋漓。今年初春，先生以四六駢辭，疾書「聯合書院四十周年校慶記」；復以大筆摹寫院歌歌詞。豐潤典麗，紫瑞牙旗；堂堂正正，穩稱洪基。先生之於聯合，鞠躬盡瘁，臨弔神馳；天不假年，草木含悲。靈皋來歆，嗚呼哀哉。尚饗。

蘇文擢教授訃告

香港中文大學中國文化研究所名譽學者蘇文擢教授痛於一九九七年四月二十日病逝於沙田威爾斯親王醫院，享年七十七歲。驚聞惡耗，同寅深表哀悼。

蘇教授廣東順德人，一九二一年六月二十九日（農曆辛酉年五月廿四日）出生於上海。蘇教授三代家學，文才早慧。壯歲遭時多艱，于役四方。來港後任教新亞書院、珠海書院等。一九六五年任聯合書院中文系副講師，翌年升任講師，一九七八年升高級講師。一九八五年在中文系退休，轉任本校教育學院榮譽高級講師，並於一九九〇年起出任本所名譽學者迄今。

蘇教授以古文詩賦鳴世，創作弘富。著有《黎簡年譜》、《淺語集》、《韓文四論》、《說詩晬語詮評》、《邃加室詩文集》、《邃加室講論集》、《經詁拾存》、《邃加室詩文續稿》、《邃加室叢稿》、《孟子要略》等。蘇教授提倡經學及詩教，重視語文教育，謙厚篤實，言教身教，尤重於變化氣質，淨化世道人心，正本清源，使學者明恥盡性知義守禮，以達成教化為目標，為當代通儒。蘇教授又精於書法，本校「逸夫書院」題字即出其手筆，而校園建築物鄭棟材樓、何添樓等亦親撰文辭，溫潤典麗，可垂久遠。

《嘯雲樓詩詞》序

岳西劉氏詩名冠天下。九十年代國家開放，百業振興，詩詞煥發，昭邁前修。夢芙以翩翩年少，允承家學，山水清輝，丹鳳來儀，連奪多項詩詞首獎，長城積雪，采石翠螺，莫不吐納英華，形諸懷抱，七古放歌，海內振動。夫岳西僻處大別山深，蒼崖翠瀑，九華毓秀，仙源淨土，夢芙讀書養志，涵泳性情，天地鍾靈，亦江山之幸也。佳人幽谷，太白書堂，啄香稻，飲醴泉，棲碧梧，諧仙侶，蕙蘭貞質，龍虎潛姿，騰躍乎風雲之上，嘯詠乎松柏之間，承時奮起，黼黻治平，天之生才，彬彬而立矣！去年秋日佳會，鷺島清遊，歷覽詩心，始識夢芙，縱論文華，交淺言真。于時風雨大作，暑氣頓消，淋漓痛快，酒酣而歸。其後山川阻隔，音問漸疏，而神馳皖水，仰望明堂，幽人釣雪，懸想難已也。比聞出幽谷，遷喬木，京城廣廈，弘揚詩教，沂泗宗風，裁成大雅，中華詩詞，編務為難，揚正氣，發心聲，騁意象，哀民生，期達高明，人間厚望矣。復聞嘯雲結集，廿載幽心，雖未窺全帙，而清燈劍氣，時有神遇。雕琢功深，毋時或已，起步唯艱，登高不遠。夢芙中土正聲，詩詞成就早有公論，妄贅數語，聊申交誼，豈足以言詩哉！丁丑五月香港黃坤堯謹序。（一九九七）

《餘盧詩草》序

夫詩學多途，深淺互見，吟詠性情，各臻妙諦。故記室品詩，皆由直尋；香山雋句，童嫗能解。詩詞之道，蕃息不衰，蓋語言時變，思維日新，貼近生活，文明日隆，雖百世而不絕也。近世新詩勃興，風騷獨占，而文辭佶屈，意象晦澀，索解為難，殆非吉徵，此識者之所知焉。于時大勢所趨，新舊交融，旁參消息，相互啟發，詩壇瞻眺，光輝可期也。九十年代科技猛晉，中西文化交流激盪，神州開放，四海一家，資訊通傳，山川靡隔，求之於詩，自開新面。斗室之中，觀熒屏而感事；方寸之地，宣脣吻而會心。不勞比興，直抒胸臆，氣息相通，神明共感。田園渺渺，唐宋茫茫，泯除畛域，而格局愈大耳。近代詩詞多用語體，親切平易，亦詩道中興之兆耶！尹子家珊湘南英士，雅好吟詠，倫閒、餘盧二集，聲聞早著。復以商界退休，獅山結廬，翠竹多暇，優遊歲月，永興行色，歌頌升平。餘心餘力，宣之於文，餘年餘地，情歸鄉梓，餘廬精義，大矣哉！其詩語文流暢，感情敦厚，九七風雲，每涉時事，江山多嬌，更添媚韻，展卷低吟，如溫前夢，生活采姿，倍多同感耳。尹子三集將成，索序於余，萍水新知，不遑謙讓，忝列蕪辭，未必有當於高明也。

一九九七年十月黃坤堯序。

《伯元倚聲・和蘇樂府》序

夫學海無涯，貴在淹貫；人間有愛，悟識精微。淹貫則包攬眾長，氣象雄渾；精微則曲盡原委，刻骨銘心。此為學之道，亦治詞之方也，相輔相承，兼容乃大。詞由學所養，學藉詞流出，文質彬彬，厚植根柢，表裏一致，性靈乃得。世之為詞人者當如此。或以纖慧弱質，朗吟風月，無關世道，不達人情，雖多亦奚以為？詞歷經數變，姿態各異。溫柳靡靡之音，本於豔情，或託意閨闈，舍筏登岸，此學者強作解人耳。東坡天人之姿，仕途坎坷，以學治詞，以詩為詞，而詞境乃大，詞采乃彰，去樂府之附庸，立唐宋之正體，剛柔兼濟，大音鏜鎝。此天下之正聲，而學者所宗仰也。

吾師伯元夫子以聲韻訓詁名家，桃李滿園，譽滿上庠。餘力為詩詞，直抒胸臆，奔放弘肆。尤善於吟唱，一曲清歌，掌聲雷動。高才飽學，襟懷浩渺，退可雄據蓬瀛，進則逐鹿中原耳。己巳初春，夫子講學香江，擬和《東坡樂府》，排比日課，力邀同作。嗟乎，人事靡常，師友難得，聲氣相通，生涯可寄，遂欣然應諾，步趨佳製。或春秋吉日，載遊郊野，或敦豪宴聚，倚酒抒懷，暢談時局，商討文華，詞札往還，志趣相得，忽忽十年矣，猶迷離彷彿昨日事也。此後或聚或散，或同詠，或分題，各書所懷，各言其志，遲速不同，稟性各異，固不必強求也。

近年兩岸開放，學術交流，行李往來，多經香港。復以出席會議，專題講論，名山大川，聯袂同遊，歌詠日繁，章句疊出。十載相隨，歷遊天下，臺港以外，澳門跬步。庚午初抵廣州惠州，國門廣廈，情懷忐忑；朝雲廬墓，湖水迷茫。壬申從遊冀魯，恭謁文丞相祠，重修館閣；祭掃劉公島岸，憑弔沈船。癸酉同赴石門，訪背水之遺陣；夜宿大同，仰北嶽之雄峰。甲戌休沐，縱橫日本，富士仙心，繽紛煙靄；奈良唐剎，洗淨塵緣。丁丑京九新成，粵贛通貫，源委窮探，章貢分流。乃北登廬山，南行贛縣，陽埠尋根，鬱孤圓夢。伏酒佳釀，貽鄉親之樂聚；廉泉煮茗，識蘇陽之美談。三家聯遊，姚黃隨侍，衣錦還鄉，漪歟盛矣！今夏三代同堂，五校聯轡，孔李雁行，生徒駿奔。丹東父節，糕點飄香；敦化美食，蠶蛹當筵。登長白山，悟天池之妙韻；遊鴨綠江，窺朝鮮之秘幽。涼雨聯床，春風拂面，前塵歷歷，非賴詞其何以紀之耶！

近日伯元夫子以十載功深，依次和蘇，克成全帙，其刻苦堅忍之意，尤足感人也。吾師和作自成一家，詞拈蘇韻，意寫今情，山河涕淚，風雨窗燈，固不必以蘇自限也。其詞殆皆生活實錄，時代心聲。夫讀書養志，旅遊閱歷，師友因緣，家室溫馨，內聖之資，固有可觀焉。而國計民生，社會百態，放言高論，詞中有我，外王之德，則呼之欲出矣！至於繡句錦心，意象嬗聯，音調律韻，抑揚中節，此聲學之秘傳，亦吾師之所獨步者也，何煩覶縷，以添蛇足。坤堯學殖久疏，不慣拘檢，追步惟難，稍負前諾。然終始其事，快馬加鞭，期以日月，不敢復失。俟和者五六十首，願吾師寬待焉。茫茫人海，漠漠塵緣，師徒相知，情深父子，學海傳承，文章有價，私情公誼，敢不勉之乎！戊寅七夕，弟子黃坤堯謹序。（一九九八）

《清懷詞稿・和蘇樂府》自序

和蘇樂府者，詞拈蘇韻，意寫今情，風光淡蕩，雲鶴迷離，臨文遊藝，非仿古之製也。己巳之歲，伯元師講學香江，乃依彊村本《東坡樂府》序次，排比課業，遣興填詞，珠玉紛投，並邀和韻。余選調擇意，時輟時和，量力而為，以求雅正。江山藻繪，時占造化之幾，時代風雲，更識古今之變，聲辭吐納，所得寖多焉。方今商潮泛濫，人欲橫流，是非顛倒，價值混淆，世無可樂，更乏知言，士之處斯世也，唯讀書自娛而已！尤以己巳國家多事，整合無方，風行水上，渙群元吉，乃迷一念之仁，竟誤千秋之業，人心向背，而先機頓失耳。于時沙田稼穡，俗議難諧，詩酒寄情，逍遙物外，維摩丈室，天女散花，紉蘭為佩，上下求索，而蘇韻可用焉。夫東坡天人之姿，指出向上一路，才情橫溢，雄放傑出，以詩為詞，賞心悦目，譜按管絃，實倚心聲，天風海雨，含英咀華，神情朗練，金玉鏗鏘，千秋固有定評，足為後學法式也。伯元師以聲韻訓詁名家，通經致用，遠祧章黃，親炙林潘，源流本末，博大精深，議論縱橫，堂堂正正，摹寫生活，神氣靈現，感人至深，亦性情之作也。嗟予小子，抑何幸耶！讀蘇和陳，神兼二美，仰攀驥尾，情繫古今，穆穆清風，緣深立雪，則斯集之製也，空谷傳響，搖蕩心靈，殷勤播殖，亦足以誌學詞甘苦耳。乙亥香港回歸前夕，得詞逾半，海隅晏安，歌舞昇平，經濟騰飛，本無可慮。所念時代交替，風雨微茫，天心人意，恩威難測。乃以詩詞彙刊，輯成《沙田集》一卷，抒情言志，憂生念遠，藉留鴻爪，且欲求正於師友耳！己卯金秋十月，《伯元倚聲．和蘇樂府》全帙先成，並在臺北舉行新書發佈會。華洋中外，濟濟一堂，衣冠珠翠，裙屐風流，隔海路遙，未參盛會，失之交臂，所以為憾耳！因念往日唱酬之樂，文辭競巧，砥礪勗勉，流觀古道，振起低潮，行吟四海，交納賢豪，十載和蘇，悲歡無限，余遂於同日完稿焉，此亦始料所不及也。因以電郵傳稿，嚶鳴奉賀。而伯元師即肇錫嘉名，曰《清懷詞稿．和蘇樂府》。並恩賜序文，說明源委。復聯絡文史哲出版社，允承印行，封面設計，版式同一。此後聯轡連轡，隨侍左右，詞章學術，揄揚指引，青雲有路，再振吟魂，亦足以鞭策駑鈍，為蓬蓽增輝耳！彊村本《東坡樂府》原分三卷，詞三四四闋。而本集和蘇只得二卷，蓋以乙亥為界也。卷上一八四闋乃舊刊，卷下一五四闋為新作，彙成一帙，得詞三三八闋。所異於坡集者，則新增〈千秋歲〉「島邊天外」及〈醉落魄〉「醉醒醒醉」二闋，重複衍和之作八闋，非東坡韻者四闋。稍欠東坡反覆同韻之作二十闋，故數量微有不同也。又和蘇不依坡集序次，不附唱酬之作，野性幽姿，行止隨意，自惟遠不如伯元師之嚴謹耳！雨盦師寵賜題簽，行雲流水，隆情厚愛，卅載如故。國明兄精擅丹青，空谷幽人，蒼崖古樹，一揮而就。蘇公彷彿東坡神韻，華嚴妙諦，垂範可親，檢視遺墨，有淚淋浪。其他師友題辭，結緣詩酒，激揚懷抱，感銘肺腑。復以千禧換紀，九九數窮，傳統契機，生生不滅，詞學商量，發揚乃大，東坡有知，倘亦不以效顰為責乎！己卯秋冬佳日黃坤堯序。（一九九九）

《陳士恒詩書印刻選集》序

夫事之得失也果難卜焉。塞翁失馬得馬，福禍相依，憂樂相隨，順時遷化，固未知之。而人之遇合也尤難卜焉。伯夷積仁絜行，恥食周粟，餓死首陽，放歌言志，亦天道之糊塗耳。方今世變日亟，風氣庸懦，隨俗浮沈，累積財富，安享物欲，人以為善治生者，比比皆是也。其有卓立特行之士，讀書好古，指陳時弊，寫作刻石，金聲玉振，而目為異端，適足以自取辱耳。何哉？舉世昏昏，毒霧瀰漫，是非不明，價值混淆，俟河之清，振聾發聵，不亦難乎！

或稱古之士者懷抱利器，隱忍待時，以求明主，化行天下。則吐氣揚眉，人生可待也。此自欺欺人之論，虛妄無根。厥惟人才難得，而明主尤不可得焉。明主用人之際，求才忌才，患難與共，安樂難期，知者功成遠引，斯為上策矣！譬若越王句踐，得賢臣為輔，生聚教訓，復國雪恥，霸業以成；而范蠡浮舟江湖，營商遠禍；文種戀棧名祿，終已伏誅。生死殊途，可為血鑒。韓信登壇拜將，魚鱗炳煥，背水一戰，威震侯王；不取三分之策，遲遲不忍倍漢，當天下已集，則走狗烹耳。至若漢武詔求茂才異等，以待非常之人，文韜武略，立功邊徼。及其得之也，長卿賦筆，文采仙心，歌舞昇平，阿諛盛德，人主固樂聞之，飄飄然有淩雲之意焉，然勸百諷一，無關世用。而李廣大小七十餘戰，封侯無分，迷道自剄，寧肯復對刀筆之吏，以求開脱乎？李陵力盡而降，墜其家聲，母妻為戮，尤為寡恩。則漢武剛愎自大，猜疑刻毒，豈得謂明主哉！至於君臣相得，歡諧魚水，若太公之釣渭水，諸葛之躬耕南陽者，推心置腹，貽千秋之美談，鞠躬盡瘁，羨人間之英傑也。偶一遇之，亦相互利用而已。進而思之，殷周革命，以暴易暴，魏蜀正統，爭亦無聊。政權篡奪，生靈草芥，殆亦黃粱一夢，子虛烏有，帝業如煙，色空如幻，蒼生何辜，百姓芻狗，青史是非，差同戲論耳！世之求遇求售者多耳，而不若不遇不售者之為善也。方今紅塵擾攘，俗議橫行，取容苟合，欺世盜名，此非可遇可售之時也。苟得靈光點化，真氣護持，行雲流水，文采增輝，則自創偉業，自鑄宏辭，獨善其身，有何不可?豈必依人作嫁,兼濟天下,始謂通人耶!

方今之世,以制度設限,以學歷欺人,或阨於生計,或困於簿書,苟延殘喘,風雨飄搖。有權無識者,壟斷高位,呼朋引伴者,排斥異己。經濟掛帥,風俗澆漓;官商勾結,黑道橫行。冒牌侵權之禍,顯乏創意;融資炒賣之風,吸啜骨髓。魑魅魍魎,鼠蟻蟲蛇,誨淫誨盜,語文髒穢,一泓死水,而臭腐極耳。士之出處進退,艱難備至,無田可依,無書可讀,惟尚友古人,可為知遇耳!東官士恒,不遇於時,冷眼旁觀,忘懷得失,優遊歲月,睥睨王侯。詩文翰墨,社會醫方,揭發病因,了無恚礙。書法槎枒,豪橫跌宕,印石寄情,橫掃六合。復以電腦排印,創新形象,四美整合,揮灑淋漓,一氣流轉,血脈賁張。此視覺藝術之新境,而古今之所獨創也。

嗚呼士恒,生今之世,而好古之道,人事倥傯,生意微茫,世俗難諧,或亦終身不售耳!同人以此憂之,而士恒顏色自若,不以為忤。不汲汲於生計,不戚戚於平淡,優遊藝苑,肆意以求之,飽讀詩書,振奮以弘之,才思翰藻,創意日多,辭采豐盈,神情飽滿,蓋其失於彼而得之於此,此亦天道之常,大公至正也。士恒今之振奇人也。餐風飲露，嘯傲江湖，知己樂聚，飲酒賦詩，月旦人物，忘懷得失，有緣而聚，緣盡而散，事過境遷，偶留指爪。則斯集之存也，琳琅金薤，泰山毫芒，圓轉流暢，神理具足。又豈以得失遇合、形骸表裏論之哉！余與士恒同門歧出，同氣連枝，杯酒言歡，心領神會，因所感而形諸言，且求正於學長耳。己卯初夏中山黃坤堯序。（一九九九）

澳門培正中學捷社銀禧加冕晚宴邀請函

某某吾師講座，敬啟者：人事倥偬，音書間阻，遙仰門牆，輒深思慕。恭惟道履增祥，講壇納福，式符所頌。捷社同學自畢業以來，勞燕分飛，光陰電掃，各奔前程，離多聚少，不覺垂廿五載矣！盧園幽夢，縈繞荷香；童稚情親，翩飛蝶夢。尤以琅琅書聲，尚猶盈耳；諄諄訓導，未敢忘心。長我育我，俾得成人，經世致用，回饋社會，師恩浩蕩，而感念難已！比惟歲暮十二月廿三日聖誕前夕，乃捷社同學銀禧加冕佳辰。復以澳門回歸，適逢周歲；千禧盛典，轉瞬一年。四美具，二難齊，濟濟華堂，洋洋共樂，光纖有訊，遊子言歸，八方同聚，真人生快事也。捷社同學感念師恩，願聆雅教，懇請光臨，普天同慶，加冕同歡。鹿車聲近，天氣清和，榕蔭波光，春風淡蕩！謹此奉稟，不盡所懷。寒暖不一，千祈珍重。肅此敬達，恭請誨安！捷社社長某某敬上，二○○○年十二月吉日。

《南飛集》序

袁子予先生鄂州名士，原籍大冶，肄業漢口法正專校。歷經喪亂，間關羈旅，孤雁南飛，雲天萬里。香江篆筆，寄情吟詠之中；新亭涕淚，每多家國之感。時移勢易，憂患無端，慷慨興悲，何時或已！抒情寫意，此斯集之所以作也，復興文藝，遂南飛之素志焉。

先生嘗參與香港詩壇、錦山文社、鴻社、昌社等雅集，載錄綦詳，以誌夙緣。人物風流，可以表一時盛況，唱酬紀事，亦足以備一方史乘也。他日治香港文史者，必可資取鏡焉。先生多賦感慨時局之什，尤以八十年代以後，兩岸政局緩和，講求建設，親舊重逢，見諸吟詠。江淮水患，蓬瀛煙雨，丁卯傷時，己巳感事，皆秉史筆，風骨遒勁。先生詞多仿少游、易安，得婉約之正；而詩則效放翁、遺山，申慷慨之懷。精采琳琅，暗切時事。惟於字句聲韻則不甚措意，故入聲作平，鼻音混尾，或不能辨一二焉。詩律南北寬嚴，無礙達意，惟粵人朗誦，稍嫌逆耳。精益求精，或可斟酌取捨，各適其適，則自行其是云已。

嗚呼！詩道寖微，大雅不作，風雨如晦，世變日亟。則《南飛集》之作，實乃時代之強音，可以正人心，抒素志，壯山川，參史乘，復興文化，弘揚國粹，其意在斯乎！自惟課業繁忙，罕與香江雅集，近日始獲相識。或晤面於鹿苑茶座，或研藝於新樂酒樓，一見如故，相聚甚歡。因感先生誠意，故樂為之序，以結詩緣云爾。惟冒昧妄言，交淺言深，未必有當也。其不能已於言者，蓋友道以直諒多聞為益，先生其察諒焉。壬午三月中山黃坤堯謹序。（二〇〇二）

《雲在盦續稿》序

中夜鳴琴，彷徨曠野；九天唳鶴，嘯傲江湖。居今之世，而求古之道，孤懷獨往，耿介自存，不熱中於名祿，其徹悟於逍遙者，此吾友沈子伯時之謂乎？沈子執教上庠，講論詩學，師友相得，時有會心。閒則玩石烹茶，摹書題扇，風雨幽窗，一燈熒然。已忘情乎世外，復無心兮物議，時事睽離，道藝日增，此沈子獨得之樂也。儒城堆雪，甲寺訪經。禮失求諸野，三韓尚存舊習，松下結同心，四海必多故人。霜楓醉赤，銀杏飄黃，瘦馬西風，天涯羈旅，此又沈子獨得之趣也。方今政局迷離，世道日乖，文化斷續懸於一線，風俗澆漓，泯乎素心，蓬壺擾攘，詐偽萌生，樂土迷茫，虛浮害道。士之處斯世也，不欲隨俗升沈者，其惟放浪山水之間，斯古之趣也；尚友聖賢之意，斯古之樂也。存神寫照，自保靈根，詩心綿邈，古道攸存，沈子得而兼之，此雲在盦詩稿之所以寓意乎！夫沈子之詩，不求似於時人，不索知於社會，感於知交，戛戛獨造，激揚意氣，琅琅行歌。十年佳釀，歲月堂堂，一卷吟箋，山河歷歷。喬柯尚臨大道，翠色堪洗寒瞳。獨鶴翩飛，飄逸出塵，絮語清芬，情懷依舊。優悠藝苑，揮灑自然，拄杖尋雲，丘壑具在，此雲在盦續稿之所以繼作乎！晴窗獨坐，秋陽似醉，斯人也，斯境也，展卷微吟，彷彿神遇。古道微茫，天人冥合，其樂其趣，自有會於心者，是為序。壬午清秋黃坤堯序。（二〇〇二）

何永沂《點燈新集》短評

永沂兄新集即將出版，日前來電約寫短評一則。篇什既富，千頭萬緒，實未知從何説起也。永沂兄敏於事變，寫作甚勤，貼近時代脈博，瀰漫社會氣息，嬉笑怒罵，見諸筆墨。惟於詩律則不甚措意，大抵自成一格，深具打油韻味，琅琅上口，抵死幽默，讀者當有會心焉。其實詩藝多方，而大盜不止，雖秉春秋史筆，於事何補?要識牢騷發盡，旋惹新愁。湘泉飲痛，萬方多難，抒情言志，自保靈根。詩中自有一片性情天地，繁花異卉，永沂惜之，並邀共勉。黃坤堯，癸未非典型時節。

(二〇〇三)

《興翠簃詞稿》序

香港水深港闊，得天獨厚，靈氣所鍾，明珠光粲。自開埠以來，即成南中國之門戶。東西薈萃，帆檣雲集，南北來往，行旅載塗。遍覽寶貨之珍奇，曲盡工藝之淫巧。民殷物阜，源遠流長，人間福地，興旺不衰。歷百六之春秋，而登東亞之名都焉。復以中原新政，經濟優先，英艦返航，王化能治。濟濟多才，有容乃大，調和鼎鼐，首務均衡，而文化亦呈多元發展、一新氣象之局面矣。建基於法治平等，講信乎人倫秩序。融和中外，新舊交輝，嘯傲爐峰，風雲淡蕩。桃源之民已歸漢晉，傳奇故夢非復槐安。爰有詞客，引吭高歌，聆唐宋之清音，載都會之鴻業。宮商奏雅，綺縠紛披，詞林勝賞，宜呼之欲出矣。

晉江許君連進，閩中豪俊士也。貨殖養身，雅好吟詠，蟠紮尤工，精研盆景。調協天人意趣，推廣詩社活動，居今日風騷凋瘵之時，揚大漢詩文絕續之域。香海詩聲，長青不墜，園林神物，高雅相承。潛心於方寸自然，剪修花葉，寄情於仙韶詞曲，酷裁平仄。珠玉鏗鏘，富而有禮，風俗潛移，德之莫厚焉。觀許君之作，興象淋漓，宣揚盛德，摹寫親情，孝子不匱。春暉有句，尤足以感動人心，訓子諸編，更繫於彝倫教化。其他探索太空，關懷時事，讀書明志，臧否人物，參之以史乘，盈之乎氣宇。詞中摹寫樂府新聲，歌舞寄情；攝錄山川勝景，風光似繡。天機雲錦，一片神行，寤寐思之，漸造乎詞境，漪歟盛哉！

柴灣僻處港島東隅，草木蔥蘢，煙波浩瀚，遙望九龍諸峰，漸迷羲皇之境。神馳閩海，攸思鄉國，心遠地偏，更離鬧市。許君結廬柴灣，騰聲興翠，優悠載道，取舍自然。詞稿以寓所為名，心存感激，亦士君子不敢忘本之意也。空桑三宿，難免有情，興翠多方，可憐綠土。吾所以見許君之精誠者，豈徒詞句之糟粕也夫。雖然，微詞句之糟粕也，吾亦何以見古錦之斑斕者耶！嗚呼，形神相倚，此兼蓄之為美也。甲申三月黃坤堯序。（二〇〇四）

九龍寨城公園碑記

九龍寨城依山臨海，地平土堅，與香港之紅香爐山隔海對峙，扼維港咽喉，風景佳勝。東望鯉魚門，直出大洋，西臨尖沙嘴，內通虎門，海闊灣長，形勢險要。自香港割讓以後，清廷遣大鵬協副將及九龍司巡檢進駐九龍村寨，捕盜緝私，保境安民。爰有修城築砲臺、鞏固海防之議。九龍寨城肇建於道光廿六年，翌歲一八四七年落成。城內建武帝廟、龍津義學，屯兵操練，移民實邊，海濱鄒魯，振興文教。其後英國展拓界址，及於新界，惟清廷堅持保留九龍寨城及舊碼頭一區，以便官民照常行走。一九四二年日軍拆毀城牆，修建啟德機場。戰後居民漸多，習稱九龍城寨，佔地二萬九千平方米，入住三萬三千人。一九八七年初，港英當局徵得中國政府同意，宣佈清拆九龍城寨。一九九四年清拆完成，香港建築署乃興建九龍寨城公園，與賈炳達道公園連成一體，展現龍城新貌，更添遊樂之所，懷古欽風，功莫大焉。

九龍寨城迭經拆建，古蹟漸湮，倖者存衙門古井、石碑柱礎而已。一九九零年五月，建築署仿清初園林風格，修築亭臺廊榭、假山奇石、花木魚池、叢林瀑布等，宛然畫境，洗滌心靈，得山水之真趣，發思古之幽情。園中迴廊繞翠，亭榭命名皆屬寨城聞人，如玉堂亭乃因寨城守將張玉堂，洗斌溪則為龍津石橋序之作者。園內路徑保留五十年代舊名，如光明路、龍城路、龍津路等，舊家雲鶴，依稀可辨。寨城公園以南北二門為主軸，其他乾門、艮門、巽門等皆循古制，兼重山水氣脈。園西玉堂亭為制高點，峰巒草樹，山石犖确，沿洗斌溪而下，溪堂信步，泛采流波，山色空濛，涼風習習。長廊盡處池臺挹翠，水面清圓，龍南榭翼守西南一角，觀荷聽鳥，尤為閒雅。園中衙門乃昔日大鵬協府，三進四廂，頗復古貌，陳列文物，備見幽深。旁為廣蔭庭、竹桐軒、六藝臺等，園中有園，時花異卉，盆景琳瑯。園東松崗有敬惜字紙亭，張玉堂舊刻銘碑尚在。北上邀山樓，獅嶺寓目。旁為童樂園、弈園、橘中秘亭，生肖雕像按堪輿術數排列，棋壇比弈，童叟相歡，各得所樂焉。園中八徑縱横，輪椅可達，傷健同行，皆無罣礙。于今合浦珠還，詩聯增價，康文署執事諸公乃廣邀題墨，發揚文采。懷故國之旗鼓，賞歸璧之魁星，風景已殊，山河再造，故城新貌，掩映多姿，四時佳日，盍興乎來？甲申秋初黃坤堯撰。（二〇〇四）

《清懷三稿》序

千禧換代，三稿新裁。山川無阻，科技日隆。寰宇往還，交通便捷。地球村禍福一體，互聯網飛躍十年。德業多艱，風雲丕變。難填慾壑，宜潔修以儒行。神馳想像，每寄望於知音。意出航機之上，思織電腦之間。亦虛亦實，疑幻疑真。芳草美人兮清光，寧依雅韻；小橋流水兮飛花，更待明夷。泛翩翩之觴詠，臨惘惘之江山。春秋迭宕，日月高懸。偶閱悲歡，都成佳趣。平添逸氣，掩映幽姿。于以見詩之成，于以植道之根。玄之又玄，精益求精。其中有象，漪歟盛哉！

嗟乎青春苦短，道路悠長。詩詞繼作，意境維新。憶自清懷初帙，編於壯歲。沙田續刊，面對回歸。復以詞和東坡，千禧結集。詩成三稿，十載幽燈。輯縹緗之四帙兮，悟繾綣之浮生。探人間之多情兮，泣瀟湘之鬼神。此不得已之因緣，亦無可量之憂患也。斯集始乎乙亥冬至，迄於乙酉春深，得詩五百餘首，近體為多。詞約三十闋，和韻偏宜。出入兩岸四地之間，周遊澳紐星馬之域。輿圖滄海，禹貢攸歸。短訊傳詩，望洋問道。人事倥傯，甘苦備嘗。議論政教得失，務求中正。歷覽清遠風物，頗著芳華。此外杯酒相歡，世途可憫。讀書明理，感事懷人。庶有所見，無以為名。簡稱三稿，周行不殆。乙酉三月，黃坤堯序。（二〇〇五）

《小山文集》序

夫碩果雄才，蹁躚儒雅；小山愉社，賡續風騷。倚南天之一柱，文化緜長；仰北斗之七星，雲霞蒸蔚。萬水奔流，處中西交滙之區；千山振響，播華夏精華之理。文章盛德，見證都會繁榮；鳳凰浴火，更添藝苑丰姿。半紀風流，多元發展；桃李不言，芳菲隨至。此社課之弘業，亦香江之盛德也。潘丈小山主盟香海，召喚豪英；文披繡錦，性稟謙和。復以陶朱殷富，偏愛文華；兼擅六一風神，更傳詩話。時招社集，高揚雅奏；精研飲饌，深明滋味。友朋相樂於江湖，詩文爭輝於日月。丈領袖一方，詩名久著。其實文采森張，風雲搖曳；駢散兼宜，色香具美。或著於酸鹹之外，或深於交誼之間。其語溫溫，其味醰醰。近日裒輯成冊，屬序於余。但覺香江掌故，千禧風月；推動文教，敦睦祥和。必有益於世道人心，可垂不朽矣。末學淺才，未睹宮牆之富；庶聞大義，或同孺子言真。謹綴片辭，以應雅命；源流一脈，聲氣連枝。讀者其鑑之。乙酉初冬，中山黃坤堯呈稿。（二〇〇五）

第二屆香港舊體文學國際研討會邀請函

海雨天風，哀知音之零落；陽春粵豔，識舊曲之崢嶸。自五四以來，語體代興；千禧回望，文言未沫。其間英才輩出，眾體兼賅。舉凡詩詞駢散、函札序跋、政論遊記、小說戲曲，代有製作，宜登大雅。見民國之風雲，發思古之清芬。風騷可感，文獻猶存。散之於四海，束之於高閣，流播眾口，愴懷我心。淘沙柬金，責無旁貸，衡文論道，仰賴前修。謹訂於二〇〇七年八月廿九至三十一日，假香港中文大學舉辦第二屆香港舊體文學國際研討會。繼三年之往烈，馳千里之新疆。論文徵集固以香港舊體文學為主，兼采五四以來之中國舊體創作，暨海外華文舊體文學，東亞諸國舊體漢文學。篳路藍縷，創業多艱，大陸地區以外，不設時限。同人立足香港，匯聚華洋，北望神州，融和今古。文學史宜翻新頁，世紀風細說從頭，發於吟詠，形諸高論，桃源勝覽，卿雲再現。大德君子，時深景慕，佇錫鴻文，共襄盛業。

《香港名家近體詩選》序

香港自開埠以來，華洋匯聚，南北往還，文教大開，工商尤盛。中西文化由碰撞衝擊，轉而協調融合，效率為重，面貌一新。整體社會朝向多元發展，個別習俗則堅守民族特色，在競爭之餘，亦見包融之意。香港詩壇上承唐宋風流，兼祧嶺南雅韻，關懷天心時局，穩持格律規範，才人輩出，墜緒相承，李杜宗風，一燈不滅。加以詩社勃興，姿采紛呈，歷經改朝換代，回應疑古思潮，文化救亡，星月爭輝。詩器大用弘，可補中國詩史之斷層殘缺；花繁葉茂，更救白話文學之偏執蒼白。詩之為義大矣哉！同人編纂近體詩選，已歷四年，輯錄名家作品，亦得二百。未云小道，諸家之格調畢呈，蔚為大觀，百載之情懷各異。人事倥傯，滄桑換世。眷思長者，故園之喬木可依，愴念後生，斯世之風流未泯。既存史志，亦顯心聲。是為序。

（二〇〇七）

《山近樓詩詞手寫本》序

寶安陳一豫丈，天下之奇士也。風雲際會，每出群才之表；湖海縱橫，愈見赤子之誠。挽正道之將頹，哀民生之多艱。已逢盛世，思有所兼濟；恆難屬意，乃勇退急流。南山破廬，不為斗米而折腰；東湖徐步，豈因極剝而改志。近年遯跡窮鄉，息交絕遊。簞瓢自樂，忘老境之堪憂；吟詠寄情，寓滄桑之劇變。修辭立誠，結言端直。議論世情，批評社會。曲徑通幽，仰泰山北斗；姿采紛呈，度詩國南針。風神凜冽，墨寶輝煌。函札往還，時時流出於人世；茶酒笑談，往往相逢乎巷陌。忘懷於湖海之上，濡沫於恩怨之外。嫉惡如仇，橫眉相視；聲名遠播，會心不遠。雖屢欲廢詩，盡心聲之點滴；已刊行前集，感風雨之飄搖。今復以行楷寫定餘篇，冀存珍本；詩書兼擅，益顯風華。涵茹古今，琳瑯墨瀋。證世道之孤芳，傳騷壇之雅製。戊子秋日，黃坤堯謹序。（二〇〇八）

《香港竹枝詞初編》序

竹枝詞源出於下里巴人之鄉，流行於戰國郢都一帶，即今巴山峽水、白帝江陵故地。杜甫〈夔州歌十絕句〉，摹寫夔州山川形勢、歷史風雲、山城人家、峽江物產、舟楫商旅、土風民俗諸方面，全是具體寫實之作，蓋「萬里巴渝曲」之縮影也。楊倫眉批云：「十首亦〈竹枝詞〉體，自是老境。」原始壯觀、高遠弘闊、氣象萬千，殆為先導云。元和年間元稹、白居易、劉禹錫相繼貶宦入峽，皆有〈竹枝詞〉之作，斷咽苦怨，氣氛熱烈，而劉詞以七絕聲詩配巴歈曲調，最負盛名，擊鼓赴節，揚袂睢舞，中黃鍾之羽，有淇澳之豔。《花間集》所載皇甫松、孫光憲〈竹枝〉之作，攤破句法，添加和聲，竹枝女兒，情歌互答，宛轉纏綿，生動活潑。又《云謠集雜曲子》所載〈竹枝子〉二闋，調見《教坊記》，衍為敦煌流行之詞調，男女唱酬，已屬城市新聲。此後化身千百，相沿成習，流行中土，廣被異域，無遠弗屆，蔚為體製，影響尤為深遠，而〈竹枝詞〉之為用大矣哉。

程君中山飽學之士，講席上庠，尤勤於整理嶺南文獻，迭有創獲。近日復遍檢報章期刊、詩文專集，遍搜香港〈竹枝詞〉之作，內容豐富，作者一百多人，詩歌七百餘首，輯撰《香港竹枝詞初編》，酌加注釋及插圖，解說源流本末，反映民俗采風，再現歷史場景。溯自香港開埠以來，歷晚清、民國以迄當世，東西接軌，文化交融，社會變遷，千奇百怪，時事日新，波瀾壯闊。而竹枝詞兼擅粵英語言，尤為通俗靈巧，表現民間之機智，反映香港情懷，聲色大開，觸目驚心矣。例如王韜首唱，創於開埠初期：「海天花月殊中土，誰唱新詞入拍來。」風光駘蕩，已兆山河之異。二十年代蓮社主人則云：「大海茫茫一座山，繁華共許上中環。域多利亞城何在，行入洋行問大班。」山水清音，神魂搖蕩，瀰漫異域色彩，商業更為繁盛。其他歷經戰亂，浴火重生，包括糖市、惜別、開賭、登月等，題材豐富，各具異境。此外新亞書院學生習作、新松璞社師生同詠，薪火傳燈，青春載賦，雅俗共賞，吟詠不絕。作者既多，情懷各異，一卷在握，琳瑯滿目，其有功於香江文獻，且見社會文化縮影，讀者當有所會意焉。戊子秋日，黃坤堯序。（二〇〇八）

《香港古典詩文集經眼錄》序

香港文學遠紹華夏文明，近祧嶺南墨瀋，今古融涵，中西璧合。玫瑰與桃梅並嬌，紫荊則華洋爭豔，山水清和，人文匯萃。東海明珠，省識人間淨土；西洋寶貨，倍添異域風情。復以法治澄明，經濟繁盛，八方輻湊，五洋雲集，爐峰煙滸，亦得天獨厚矣。香港文學迭經中原喪亂，時代盛衰，每能置身事外，冷眼旁觀，不犯本位，繁花盛開，自能保持地方特色，構成主體格調。其中古典詩文璀璨耀目，自由馳騁，代有英姿，傳承不絕。尤其是白話代興之後，文言更成精品，語體書刊佔盡市場效益，古典詩文幾無立錐之地。文學史罕見敘述，出版品多由自印。銷售無門，僅賴知音傳遞；文章有價，行見適者生存。而作者讀者，衡文論道，前仆後繼，艱苦備嘗矣。當代新詩舊詩，孰領風騷；可憐文言白話，盡輸潮語。天祐斯文，撥亂返正，風雲再造，必歸雅懷。同人滋蘭樹蕙，再現傳統光芒，海晏河清，佇待歷史驗證。大道之行，憂患餘生，洵可待也。

鄒穎文女士現職香港中文大學圖書館，專任香港研究資料特藏。主持館務，兼工吟詠，縹帙流芳，天祿琳瑯，嘗就書庫古籍善本，撰成藏書紀事七絕，情辭典重，文采蜚然。近年泛覽詞林，閱歷千百，弘素願，發悲心，編撰《香港古典詩文集經眼錄》，搜訪公私藏品，專治香港詩文，約得四百家，六百餘冊。歷敘諸家生平學述、館藏書目編碼、序跋題詞、詩文簡介，內容豐富，條理清晰。其中自行印製，非經正式出版渠道者尤多。甚至市面未見出售，欲購無從，僅賴私人贈送，透過友朋索取，多方奔走，耗費心力，充實館藏，兼留載籍，箇中苦樂，固不足為外人道也。挽狂瀾之將倒，發潛德之幽光，證前修之博大，識文獻之微茫。經眼錄藏，功德無量，其有功於香江文教，溯源探流，可歷久遠，漪歟盛哉。己丑長夏，黃坤堯序。（二〇〇九）

思入豪芒天地間

劉殿爵教授出生於香港詩詞世家，叔祖父兄，一門四傑，各具風采，皆為當代詩壇大家，其中滄海樓尤享時譽，卓著成就。而劉教授不治詩詞，不沾習氣，獨闢蹊徑，徬徨求索，則以翻譯名家，自成體系。早歲肄業於香港大學，中英兼擅；其後歷遊英國，專攻語言分析哲學（Linguistic philosophy），化解思想問題。優游異域，從容古道，學有所得，思入豪芒，悟識語言之妙，掃除意象虛妄，振起天人之姿，具見思維深度。劉教授精研中英詞彙語法之比較，探討哲學異同，溯本尋源，辨析淵微，時而鬱悶，時而暢達，欲辯忘言，生機勃發。

劉教授專治漢學，厥得二解。西方專治中國學術者，經史子集、語文藝術、科技制度、天文地理，所覆所載，靡不涵括在內，皆屬漢學範疇。漢學亦指漢儒訓詁，以許鄭為主，徧注五經，辨析文字源流，解讀微言大義；清人乾嘉學術承之，通於音韻考據，講求語言實證，惠戴段王，名流輩出，乃與宋學殊途，謂之樸學，此亦所謂漢學也。劉氏漢學，兼容中外學術，配合泰西哲思，比對文獻記載，抉發字句異文，考證訛誤，精義疊出。前不見兮古人，後不見兮來者，天地蒼茫，獨一無二，而沾溉於語言範疇者尤多。世之治劉氏學者，讀書明理，嚴辨語法邏輯，鮮活跳脱，請注意焉。

劉教授初任教於倫敦大學，凡二十八年，春風化雨，華洋多士，或知名於學界，或馳騁於外交，感化世道人心，立足社會，弘揚儒道典籍，卓有建樹，而自成劉氏一家之學，備受西儒敬重。自一九七八年返港，復任職於香港中文大學，迄今三十二年矣。劉教授先後住於一苑及雅群樓，徜徉山水之間，叢林鳥噪；採掇典籍英華，逐字索引。斜陽深巷，寂寞幽居；免於家累，深造自得。不食人間煙火，每涉玄想；樂與諸生講學，洞悉天機。浴沂舞雩，載歌載詠，教不厭，誨不倦，而諸生隨侍左右，不離不棄，聞道敬業，尤樂於親近焉。和光同塵，心悅誠服，瞻之在前，忽然在後，學有不逮，祇自愧學問境界之弗達也。劉教授以翻譯儒道三經為世所重，辨證歷代注釋正誤，選擇去取，抉發原典精義，嚴密準繩，後之人欲窺論孟宮牆及治道德經者，亦為首選必讀之書，登堂入室，掃清雲霧，勿徒以英譯視之也。此外劉教授在中大講學，指導後輩，通讀史漢，博識傳統文化，鞏固學問根基；尤重呂覽淮南，融和儒道，吸納百家學術，經綸天地，備見治道精要。語言規範，音義系統，僅為及門初階；而抉發真諦，悟識天人，始見萬花如錦。廣陵琴散，高山流水，先生已矣，仙凡路渺。想從學之甘茹，持守勿失，見雲間之鱗爪，必露端倪。感深師教，觸處生春，識浮生之多幻，感涕泗之無從，悠悠宇宙，而知先生之不朽也。庚寅四月，門人黃坤堯敬述。（二〇一〇）

詩學多途，建構體系：《清代廣東詩學考論》序

清代廣東詩壇名家輩出，詩學亦盛，惟限於地域阻隔，除個別作者往來南北，獲享盛譽之外，一般詩人足不出省者，可能亦鮮為外界所知矣！此外，傳統廣東詩話著作著眼粵地詩壇，析論粵詩風格，固有所見，而流傳不廣，相對於清代王士禎神韻説、沈德潛格調説、袁枚性靈説、翁方綱肌理説之四大詩學流派，粵人似亦未有專論，足以顯名於中原。粵詩素重唐風，而粵籍學者則長於考鏡詩史，探索源流，其中張維屏《國朝詩人徵略》諸書著錄逾千詩人，以人傳詩，品評高下，尤為盛觀。黃節《詩學》論著，縷述歷代詩風，本末變化，亦見典型。此二家載譽南北，成就顯赫，乃別創詩史源流之學，為清代詩學再添風采，此或亦廣東詩學之特色乎？可惜過去著墨不多，不成體系，若有憾焉，殆亦有所待於高明者乎？

程中山博士專治清代廣東詩話，遍訪名家載籍，探索詩論體系，課餘流連於省港各大圖書館之中，復遠探於海外殊方異域之珍藏，按圖索驥，排比文獻，孜孜矻

矻，先後在當代學報中發表專論，所得寖多。今復選錄論文十篇，輯成《清代廣東詩學考論》一書，論點清新，文采丰腴，建構體系，精益求精，則廣東詩學或亦粗具規模矣。

《清代廣東詩學考論》專論名家詩話之作，由清代嘉道中葉以迄於民國，計有張維屏、黃培芳、方恆泰、李長榮、潘飛聲、黃節、簡朝亮、陳融等八大家，另加詩歌總集所附劉彬華《玉壺山房詩話》、伍崇曜《茶村詩話》、黃紹昌《秋琴館詩話》、劉熽芬《小蘇齋詩話》、張其淦《吟芷居詩話》等五種。或專論體例，或考察偽書，或域外交誼，或研究版本，內容多樣，主旨鮮明，建構廣東詩學，自出新意。其中《國朝詩人徵略》、《柳堂師友詩錄》、《在山泉詩話》、《清詩紀事》四種網羅近代重要詩人，鉅細靡遺，甚至互為補充，關注全局，允為清代詩史之傑構。而陳融首倡編纂《清詩紀事》，彙紀群書，惜為戰亂所限，流離道路，散失殆盡，未竟全業矣。廣東中西交會，每得風氣之先，時代交替，風雲際會，知人論世，縱橫捭闔，而徵略紀事之體尤足以反映廣東詩學之驕人成就，影響深遠。

程中山長於搜集資料，考證嚴密，尋根究柢，雄辯滔滔。所論《厚甫詩話》乃書商作假之偽書，由南來文人陳鍾麟冠名，取代本土作者方恆泰之《橡坪詩話》，以達促銷效果，劇情曲折，層層剝落，娓娓道來，頗富懸疑效果，亦似偵探小說，尤能引人入勝。此外，所論黃節《詩學》之成書年代，蓋源出宣統二年主講於兩廣高級師範學堂之講稿，原名《詩學源流》，由粵東編譯公司鉛印。其後在北大授課，復迭經修訂為《詩學》（一九一八／一九一九年版）及《詩學》（一九二一年版）二種，始為定本。源流本末，抽絲剝繭，析論準確，具體而微。學術研究重在掌握證據，糾正學界舊說，冰釋疑雲，一新耳目，始具說服力。

論文貴有創意，宜能帶出全新觀點。作者論黃培芳評點之學，尤為當行本色。而張維屏標題摘句，亦頗能反映詩歌審美之獨有品味也。簡朝亮堅守傳統儒家詩教陣地，振興國運，有為而發，門下士藏龍臥虎，而文章亦彬彬盛矣。其他李長榮與日本八戸順叔之詩學情緣，唱和不輟；潘飛聲客居香港，撰寫詩話以懷故舊。諸文各抒所見，敘事清晰。詩學多途，會心不遠，而端在讀者之善參也。（二〇一一）

《東園詩詞曲選》序

東園居士李海彪先生，惠州博羅公莊人也，顏所居曰東園，又慕李白青蓮居士之詩名，因以為號焉。東園南有天子嶂，西為黃坑嶂，山嶺連綿，而東溪蜿蜒於其間，一川環帶，掩映煙光，荷香消夏，叢菊盛開，復以梅蘭桃李之勝，四時吉日，風光煥發，爭妍鬥麗，際此房價飆升之際，一宅難求，則陶潛柴桑故里，悠然南山之境，彷彿似之，亦不勝人間仙凡之感矣！

予與東園居士素不相識，既未謀面，亦不知其為人處事。今歲端午前夕，忽接居士電郵，附詩若干首，請求點評，聊書數語，乃漫應之而已。未幾居士復以全集見示，雅好吟詠，諸體兼備，閱覽數遍，而認識漸多矣！居士電子系本科畢業，寄身官場之中，人事倥傯，情懷激蕩，而性好閒逸，生活優悠，所見於世道人心，則互為矛盾者，一一形之於詩，此心此志，亦顯而易見矣。本集題材廣泛，內容豐富，有閒居詠花之作，友人酬贈之篇，時事官箴之慨，愛情懷古之什等，琳瑯滿目，各有會心焉。而情意款款，若有所待，且語言平易，意境清新，洵可傳也。當今網際互通，洋洋灑灑，居士組成惠州詩詞群體，短訊傳詩，一呼百和，風起雲湧，流播遠近，則詩學之復興，蔚為今世景觀，壯麗橫放，亦可預期也。

居士乃八十後之後生者，富於春秋，年少有為，詩歌言志，意象高遠，則此集僅屬肇端之作。他年風雲龍虎，騰飛魏闕之上，讀書養志，造福蒼生，必有所作為也，拯斯民於水火，見世道之清平，則詩歌之作，再上層樓，前途無限，當更造新境焉。壬辰初秋黃坤堯序。（二〇一二）

詩可以怨：讀《礐月魂》

唐礐君先生善詩，更精研音樂，即場演奏，創製多方。詩友之間，酬唱不輟，弘揚學術，知名海內外。日前獲寄《礐月魂》電子版一種，閱後深有所感，啟發良多，雖未足以知君，惟於現實生活，即之履之，寫真存意。吐屬芳華，託佛門之禪悟；戒慎恐懼，識睹國之風雲。人生如夢，世態炎涼，勝敗之機，輻射久遠，其貢獻於詩壇亦大矣！《礐月魂》分上下兩卷，上卷牆內集，刻劃貝嶺冤獄之災，神情慘惻，不忍卒讀；下卷牆外集，歌頌深港工商社會，創業濟世，馳飛無礙。死生陌路，哀樂無端，兩相對讀，益增悽愴矣，嗟乎！孟子曰：「天將降大任於是人也，必先苦其心志，勞其筋骨，餓其體膚，空乏其身，行拂亂其所為，所以動心忍性，曾益其所不能。」此乃生命之歷練，或亦託意於唐君以見道也。此外孔子論詩，亦有興觀群怨之說，則詩之怨者，蓋有感於世道人心，借題發揮，宣洩性靈，識別是非，肯定道德力量，殆亦正途焉。唐君詩多怨，批判時代善惡，彰顯社會公義。不怨則屈服於腐敗現象，無動於衷、麻木不仁矣。唐君精神豐足，思考敏鋭，繼軌風騷，怨而不恨，往者已矣，前景光明，則日後佳製疊出，深化詩境，可預知也。謹借蕪辭，以誌嚮往之意。癸巳清明前夕黃坤堯記。（二〇一三）

《香江清籟》序

近年於香港詩詞學會結識潘金山先生，學殖豐厚，相談甚歡。今年春節期間獲寄《香江清籟》書稿，詩詞賦聯文，五體兼賅，彙為一冊，展卷閱覽，則香迷人境，清韻悠揚，江山文采，風雲跌宕。先生醉心於詩詞藝術，尤以七律為多，嚴守傳統韻律，擅用當代語言，抒發社會時事，刻劃風土人情，例如《清明上河圖》動態版來港展出感懷〉、〈太空授課〉、〈賀長孫弘毅亞洲區奧數比賽摘銀〉、〈神舟天宫手動對接成功感賦〉、〈東亞運動會開幕式即興〉、〈青海玉樹地震感懷〉、〈印度洋大地震災難有感〉、〈冬日觀輪椅叟遊公園〉諸作，殆皆屬近年盛事大事，即事興感，面目一新。其他香江四時景色及詠花詠史之什，題材富贍，典麗精工，更深具現實意義。茲仿其附錄詩詞美對、警句精選之例，摘錄八聯，亦嘗鼎一臠而已！

閑日猶歌天外曲，清狂何必限華夷。（〈菲女〉）

身閑已渡滄溟水，眼俗頻驚宇宙風。（〈乘大嶼山吊車〉）
市中真寶蓮蓉餅，筵上生香茉莉茶。（〈中秋望月〉之二）
天街初閃千家鏡，瀛海唯浮一粒珠。（〈香江月色〉）
浮聲掠影神仙氣，銀甲金盔宇宙風。（〈神舟七號飛天感懷〉）
一地瓊林皆臥虎，幾年陵谷出新鶯。（〈游中文大學〉）
瓊樓虛入千尋鏡，仙舸輕拖十丈綃。（〈香江煙霞〉）
狡狐縱有垂涎滴，高架葡萄豈是酸。（〈青葡萄〉）

諸聯雋句琳瑯，掩映多姿，想像雄奇，意境壯闊，而摹寫現實，語言平易，反映香港之精神氣貌，尤令人愛不釋手。

先生兼擅各體，創作多姿。詞作三十一闋，幾全寫香江風物及生活人事；賦五篇，香江之外，分詠紫荊、夾竹桃、黃槐、紫薇四種，亦香港常見花木，富有地方特色。情之所鍾，反覆賦詠，摹寫香江盛世，漪與盛哉！詩鐘出奇制勝，表現巧思，而〈屈原．武昌分詠格〉「首義旌旗何處覓，行吟騷賦古來傳」之作嘗於比賽中獲一等獎，尤為豔羨，亦表欽佩。自由詩熱情奔放，呼喚世紀新風，充滿人生睿智，而詩人質性坦蕩，亦顯露無遺耳。

先生雖以詩詞名家，其實卻出身於電機工程學系，任職工業程控工程師，富於辯證色彩及科學精神，餘力為文，思想深刻，綽有裕餘。其中〈《易經》數學的貧困〉、〈當代哲學的貧困〉、〈老子愚民主張及其對治世的影響〉、〈女媧煉石補天趣談〉五篇，指出中國學術之困境所在，文理兼擅，深入淺出，議論精確，更契我心。例如釐清《易經》八卦代碼並非二進位數字，亦無二進位運算，更非二進位數學之說，考證清晰，免於附會；又指出中國數學除圓周率、畢氏定理、韓信點兵（不定方程）、楊徽三角形等諸說之外，理論數學並不發達，元代以後漸趨沒落。近代除華羅庚、陳景潤以外，其他能進位世界級之學者並不多見。又結合個人工作經驗，介紹古人煉石之法，蓋先用大量乾樹枝焚燒於岩石之上，待岩石燒熱，即以冷水澆之，忽冷忽熱，岩石自會爆裂。此即現代工藝尚在使用之「冷熱法」，則傳說中之女媧，亦當為傑出之科學家也。趣味盎然，獲益良多，古人所謂「工夫在詩外」者，殆不以詩自限。予謂讀斯集者然後可得其三昧云耳！甲午新正，黃坤堯讀後誌感。

（二〇一四）

《迷金偈》卷子書後

歲在癸丑，一九七三。復值永和修禊之年，勝會蘭亭廿七周甲。時序縈迴，山河變色。鄉關路渺，花果飄零。而文革慘酷，遺禍尤烈。避秦異域，乘桴海外。諸君子棲遲臺港歐美之間，奇彩相呼，友聲濡沫，惟迷惘抑鬱，亦難以為言也。當年莊慕陵嘗於臺北故宮後山流水音修禊，名流匯聚，少長咸集。中興盛典，東晉風華，今之勝昔，洋洋灑灑。楊聯陞歐遊倫敦，嘗與淩叔華女史合寫「蘭亭修禊恨無人」，山水橫幅，以為紀念。海外寓公，同修禊事，煙雲掩映，風日晴和，自是雅興不淺也。

同年夏日，楊聯陞復與戴密微教授、柳存仁夫婦同遊阿爾卑斯山，戲譯為鰲拜山。道上聽戴老談禪，仙意翩躚，乃口占二絕，並以「學仙自恨太肥生」起句，若有所憾焉。合肥張充和女史時居美陸，即賦〈肥仙偈〉一首寄贈。「人諱云肥，仙自云肥。云肥不肥，不云乃肥。體肥不肥，腦肥則肥。云胡不肥，胡不云肥。」肥人作偈，勉贈肥人。仙姿絕色，句句皆肥。肥與不肥之間，固不必以太肥自限。體肥腦肥，抉擇尤多，聰明慧黠，尤深具警世意味。蓮生大士乃賦〈迷金偈〉答之。「金元運衰，同歸淘汰。萬法一塵，須彌土芥。」序亦謂「大士自嘲，夫子自道，燕瘦環肥，各極其妙。正是：拜佛拜金徒費力，漢唐佳麗早歸塵。」色相皆空，無所著力，率性而行，妙臻悟境。臺靜農〈歇腳偈〉和之，「山河大地，幾番更代」、「日暮掩扉，任他狗吠」，有感於世局生涯，沈淪苦海，浮光掠影，化為悲慨。其後潘重規〈石頭偈〉「擺雜貨攤，路當要害」、蕭公權〈等死偈〉「抱病延年，拖泥帶水」，以至〈胖佛頌〉「押韻就好，夢話連篇」「佛說善哉，寧做瘦仙」諸作，儒雅風流，陸離光怪。天心人事，得大自在。仁者見仁，智者見智。肥瘦媸妍，妙契玄旨。伯時兄富於庋藏，精品迭出，晤言一室之內，賞鑑古今之作。華城雅聚，摩挲手卷，潘重規追懷往事、張光賓振筆題耑，彙錄諸偈箴言，詩書墨寶，萃為一帙，卓有可觀焉。精光耀眼，琳瑯滿目，錦心繡口，雲在清暉。謹綴數言，竟亦有飄飄自肥之美態。乙未七夕，黃坤堯記。（二〇一五）

《丙申集》序

古文泛指古代文字，亦指經典文章。或屬書寫文體，稱為文言文。古文始見於甲骨文，之前口説流傳，其後載於著錄。孔子整理古代文獻，述而不作，編訂六經，皆為古文。而《論語》所載孔子言說，則為當時之書寫語言。司馬遷撰著《史記》，引用《尚書》古文，個別字句改寫為今文，以便閱覽。《文選》沈思翰藻，富麗堂煌，宏篇傑製，堪稱典範。韓愈文起八代之衰，反對駢文束縛思想，窒礙性靈；主張恢復周秦兩漢之古典文風，自由書寫，暢所欲言，召喚傳統儒家理性精神，抗衡佛老，彷似文藝復興，亦深具普及教育意味。由駢入散，解放文體，改革文風，極具成效。唐宋八大家事義辭采，波瀾壯闊，先後輝映，而文章彬彬盛矣！其他晚明小品，抒寫性靈，桐城文脈，氣味聲色。迤邐至於清末民初，此亦文言文之極盛時期。

古籍文獻如《文苑英華》、《四庫全書》等，固以文言著錄，其他朝鮮、日本、琉球、越南諸國所傳撰述，亦多用漢字載體及文言書寫，藉此保存文化，視為珍寶。

晚清政府為救亡圖存，開發民智，因應時局，配合發展，乃致力推廣國語，提倡白話文。光緒二十四年（一八九八）《無錫白話報》創刊，其後全國各地白話報即紛紛湧現。五四運動以後，白話盛行，便於書寫，文言漸趨冷落，日漸式微。早年政府公函，學者著述，書札往還，尚用文言，以示莊重，品味高雅。惟千禧以後，老成凋謝，大雅云亡，廣陵絕響，似成強弩之末，六經重讀，忽兆剝復之機。近年遭逢盛世，積累財富，宣揚德治，拓展教育，民殷物阜，弦歌不絕，富而後教，詩書為尚。荊南張俊綸如水先生，閱覽群書，著述弘富，宣揚國學，呼喚文明。主編《荊江文學》，標榜文言作品，乃重整旗鼓，號召天下，并風騷旨趣，改移風俗，海內風行，期歸正道。所著《丙申集》，以雜記為主，復有序跋、碑誌、傳狀、詩賦等，風華綺靡，佳作琳瑯，尤切於時事，改善環境。嘗敘其邑之重陽木也，「惜躍進造孽，土吏斲伐之以煉鋼鐵，不三存焉，復歷文革，不一存焉。」塗炭生靈，災及草木。又論拇指鳥曰：「天生樹，樹生油，而油為拇指之食，油盡輒大樹油然而綠，是自然界之生物鏈也，何用藥為。」相生相剋，平衡生態。乃推崇西湖「白、蘇之詩，膾炙人口，較其浚築之功所過萬萬，其名過他人萬萬，故其宜也。」立功立言，深得民心。復評滕王閣所見污水，「南昌當道之所為，屬偷輸污穢，是違環保法之罪罟也。」撙節工本，貽禍無窮。閱讀諸作，余忽有所感悟，如水先生蓋古之韓昌黎耶？起弊振衰，重振古文風采，安邦論道，表現創意思維。美刺互見，適於時用，儒道兼擅，更相補足。

《丙申集》兼收癸巳甲午乙未之作，蓋以結集之年命名。如水始生於丁酉，至丙申適為六十，則花甲循環，總結過往經驗，一元復始，見證生命升華。舊作顯赫，有目共睹，傳神寫意，揮灑自如。此後佳製更多，山河載綠，再上層樓，創新局面。此必可預卜焉，是為序。丁酉暮春，黃坤堯序於香江。（二〇一七）

《活水彙草》序

千禧盛世，詩詞復熾，傳統吟詠與網絡新聲叶唱，才子佳人上熒屏電視爭輝。旗袍漢服，典麗優雅；樵歌漁唱，慷慨道情。琴笛笙籥，八音克奏；書畫揮毫，五采生輝。唐宋神魂，海陸絲路，風雲飛動，歌舞同場，屈宋方興，雅俗共賞，中華文化，藝苑雌黃，千姿萬態，相互配合，猗歟為美矣。

黃君偉豪博士遊學四方，見聞廣泛；講課大專，神采騰飛。十年磨劍，發揚蹈厲；三生緣訂，瀟灑英姿。近日撰成《活水彙草》一卷，源頭正脈，情鍾朱子；詩教清流，競逐詞場。為盛世添光，鳶飛魚躍；為山河增豔，草長鶯呼。積學儲寶，根基穩健；富才酌理，雲錦新裁。其詩多寫生活實感，紀錄日常經驗，言之有物，寄託無端。歷浸禮婚禮，綱紀人倫；復生兒育女，履歷風霜。往返港澳，結緣詩友，詠史論學，諷世怡情。其詩云：「混跡江湖九死生，十年菡萏也沾塵」、「賒得金風消白鬢，江湖十稔老童生」、「人我棋盤相博弈，黑車斜出馬行田」、「累歲築巢堪四代，託身臥榻又多秋」，江湖凝恨，字句驚心，生涯多累，可勝言哉！惟塗轍已正，縱橫何礙。千帆競渡，捷足者登，脫穎而出，衝飛後勁，是必有待於君者。丁酉端午，黃坤堯序。（二〇一七）

積墨延年——黎曉明書法展

黎曉明女士醉心書法藝術。六十年代初師事馮康侯先生，得入書道之門。其後投身教育工作，卷帙繁忙，復以家務瑣碎，鮮有練習書法之機會。九十年代中期從教職中退休，移居澳門，生活閒適，始得重新執筆寫字。先是一九九八年，劉紹進先生辭世，同門兄弟擬將其詩稿彙集付梓，以為紀念，由黎女士鈔寫及校訂。《抱樸樓詩集》出版，以鍾繇書體寫隸筆小楷，古樸典雅，固令劉著增色，而書法眼前一亮，更有驚豔之感，始知女士善寫小楷，允為瑰寶。二〇〇一年，創價學會在港澳兩地舉辦「常宗豪、黎曉明伉儷書畫展」，女士以其所抄《妙法蓮華經》七卷、《金剛經》二卷、《華嚴經》一卷及小楷小品多幀展出，精美遒麗，悦目賞心，引人關注，復驚異於其念力之驚人，深得唐人寫經之神髓，融為己出。二〇一三年，澳門雲霓文化藝術傳播協會假澳門陸軍俱樂部何鴻燊博士展覽廳為女士舉辦首次個展——

《硯池遺興——黎曉明書法展》，作品三十六件，除楷書小字及對聯外，尚有隸書掛軸及楹聯等，其所書漢隸《禮器碑》、《西狹頌》、《石門頌》、《張遷碑》、《校官碑》、《華山碑》等集聯，更是一鳴驚人，深獲觀者好評，洵為澳門書壇名家。

黎女士在書法方面成就卓著，其實過去並未投入過多練習時間，除天分之外，殆能掌握正確之學書方向，及早年勤習，根基穩固所致。雖擱筆多年，復寫後即於短期內撰製含鍾繇真書神韻之小楷，圓融精緻，揮灑自然。其後又參鍊漢隸中之《張遷碑》、《禮器碑》、《石門頌》等刻石，故能於古拙質樸中、蘊藏遒勁、雄渾、宏闊之書風。余嘗觀女士所書集聯，雄偉樸茂，躍然紙上；其《禮器碑》集聯，瘦硬如鐵，法度深嚴，形質端正渾厚，而竟於自題中論云：「《校官碑》雄渾樸厚，余深愛之。而不能至，愧甚。」固是自謙之辭耳。又於撰聯中跋云：「余素性拘謹，字亦如之，因試臨習《石門頌》，以矯一己之失。」復稱「《西狹頌》為摩崖石刻之一，雄偉樸茂，漢隸至此，已臻成熟。」至是舒展奔放，爛漫多姿，章法茂美，氣派宏大。可見女士學書，力求改進，故能學有所得，深中肯綮。現在書法已為女士生命階段之重要目標，非徒以練字消磨時間，而是融會各家精萃，鑄成一己之面貌，體格雄健，氣象寬宏。

黎女士盧園展品，除小楷備受觀者注目外，其所寫楷書大字，豐腴重拙，神味亦厚，骨架伸張，創新格局，脫穎而出，更攀高境，突顯個人風格，一新耳目。此外，更有近期所寫之行書、草書作品，一併展出，觀者亦當驚異於女士之練達筆觸與豪邁書風。其行書略帶東坡、山谷之韻趣。至於女士臨寫之《急就章》長卷、中山王大鼎及方壺掛軸等，轉益多師，富有新鮮體驗，更顯變化之妙，姿態萬千，皆是不可多得之佳製。脫胎換骨，自有嶄新之表現。

黎女士是次展覽以「積墨延年」為主題，旨在申明其積學勤習書法之經驗與功效，同時寫字亦與練功相近，可使筋骨舒張，氣脈流動，強身健體，益壽延年。此次展出作品計有金文、篆書、隸書、楷書、草書、行書七十件，規模盛大，書體廣泛，多屬精品，自是傳統書藝之豐厚盛宴，指示書法藝術之康莊大道，可供切磋和檢閱，美侖美奐，開拓視野。丁酉秋月，黃坤堯稿。

《清懷新稿‧維港幽光》自序

獅峰聳翠，仰歲月之崢嶸；旗嶺流霞，泛崗陵而上下。西臨汲水，東躍魚門，佛堂崖壁，城寨春秋。逢節慶之煙花，衝飛霄漢；接郵輪之星夢，滑浪清波。山道蜿蜒，幕牆閃爍，鷗鳥翺翔，樓房金碧。四季之吉時攸聚，五方之后土咸寧。適逢盛世，拓展金融經貿；爰建樂園，招來商旅物流。溥天之下，衡從王土；維港之濱，檢點幽光。流螢兮漫舞，雲鶴兮菈止。彼天地之迷離，諧陰陽之節氣。乃有賦詠，風雨微吟；與聞旨酒，羲皇同醉。權輿於乙酉，雲影春花；緜延乎己亥，澄懷壯歲。翻舊曲之歌音，仿昔賢之際會。賦曰：

詩大序之言志，托歌音以相從。感緣情乎綺靡，假意象而潛通。彼所思兮千載，望美人而迷離。殆喻理兮持性，三義明而不虧。哀華年之消逝，適四野兮安居？覽花海之餘烈，倚南山兮蔽廬。

乃馳心於宇內，奮新意之無拘。

夫詩有三義，首曰言志，緣情綺靡，持人性情，源於古訓，宜所遵承。而意象聯翩，風雲際會，創新境界，閱歷大千，有無相生，虛實相仍，感事寄懷，尤嚮慕焉。倚香江而嘯詠，續四稿之新編。惟格律偶疏，方言試驗，字詞雅俗之間，語句張弛之異，得失互見，殆難幸免。大雅方家，尚祈教正。己亥仲春，黃坤堯序。（二〇一九）

《中國現代舊體詩詞編年史》（一九一二—一九四九）二十卷序

漢語詩詞聲情並茂，精光四射，意象迷離，神魂搖曳。溯自風騷代謝，樂府繁興，長慶歌行，敦煌詞曲，代有新聲，相期雅製。歷漢魏六朝唐宋元清，遍江湖五岳朝堂市井，源流漸遠，吟詠不殆。復以科舉訓蒙，詩禮傳家。不學詩，無以言；不學禮，無以立。言為辭令，立於義理。敦厚以處身，規範乎容止。無分南北，豈限華夷。五七韻語，四六文言，風花雪月，事景人情，鋪排格律，深化意境。乃至氣質修養，文化傳承，風靡四海，雨澤千秋。精英官宦，抒情寫意，固以能詩善導；尋常百姓，藝苑書壇，亦多悦納雅言。革命宣傳，工農貨殖，咸可言詩，隨手施為，琅琅成誦，詩詞之用大矣哉！

辛亥革命，五族共和，皇綱解紐，軍旅代興。至於民間論議，新生不息，工商崛起，活力無窮。復以報紙風行，資訊方便，雜誌冒起，影像多姿。夫詩詞撰製超脫於抄寫流傳之限，補白於媒體刊物之中，消息靈通，意念紛呈，傳揚迅捷，廣被中外。不待旗亭畫壁，作品結集，而深入人心，即時可見矣。壇坫氣象，固異前朝，消閒習俗，已翻新頁。國際風雲，中原逐鹿，龍蛇混雜，上海爭鋒，亦不可同日而語也。

辛亥詩壇紹承晚清國粹，西學英華，人才輩出，奠基穩固。先是同光餘緒，湘綺樓王闓運巋然一老，專工五言，以八代詩雄於宇內，寬和清勁，藻練紛披。而樊增祥、沈曾植、易順鼎、楊圻等獨當一面，各有造詣，出入盛唐中晚，皆為大家，挽國族沈淪，競時代心聲。西江巨擘陳三立由山谷而上追杜韓，凭闌盛氣，袖手神州，荒寒蕭索，肆意艱澀。其他宗宋詩者陳衍、陳寶琛、陳曾壽、姚永概、夏敬觀等，起步亦高，堪為時代宗匠。散原諸子傳詩者眾，陳衡恪精研繪事，詩風瑰麗，著《槐堂詩鈔》，展示不朽全才；陳寅恪長於治史，迷離真幻，逼近玉谿生詩，允為世紀傑構。又趙熙風華絕代，俞明震觚庵苦吟，黃節《蒹葭樓詩》，曾習經《蟄庵詩存》，羅惇曧《癭庵詩集》，張謇《張季子詩錄》等，西蜀嶺南，浙海江蘇，雄據一方，皆逐霸才，芳流千祀，享譽吟壇。至於南社風流，鼓吹革命，有陳去病、高旭、柳亞子、葉楚傖等，波瀾壯闊，議論縱橫，各逞雄圖，兼賅唐宋，名流輩出，詩風尤盛。朱孝臧詞壇麟鳳，宏揚學術，抉發精微，行吟澤畔，滬濱一柱，力挽狂瀾。翼之以況周頤《蕙風詞話》、王國維《人間詞話》，名著二難，恢弘境界，劇掩前修，更後來居上也。迤邐至於《全宋詞》、《詞話叢編》、《清名家詞》、《詞學季刊》等之製作，皆成巨著，而詞風愈彬彬盛焉。其他沈曾植、鄭文焯、夏孫桐、汪兆鏞、周慶雲、俞陛雲、趙熙、陳洵、陳曾壽、吳梅、黃侃、汪東、喬大壯、呂碧城等，添聲減字，風雲繼起，皆具異稟，足為詞壇增色。

五四運動揭櫫白話文學，新詩帶動語文改革及新舊論戰，梅光迪等創《學衡雜誌》，主張翼學鄦思，崇文培俗，融和新舊，增加體裁。章士釗辦《甲寅週刊》，引車賣漿，甕牖繩樞，商量舊學，促進思考。爭勝不必一時，得失繫於千載。錢鍾書先以小說《圍城》知名，復以《槐聚詩存》問世，而《談藝錄》雕龍彩繪，華洋整合，天人之姿，經典之作，器識文章，卓著今古。二三十年代，新文學名家輩出，壟斷文壇，其實群體中亦多詩詞作者，魯迅、郁達夫、沈尹默、周作人固舉世知名，而聞一多勒馬回韁，胡適重整國故，因知傳統固有不朽者在，未可輕廢也。一九三三年清明節，陸小曼硤石掃墓：「腸斷人琴感未消。此心已久寄雲嶠。年來更識荒寒味，寫到湖山總寂寥。」以七絕寄情，愴懷詩哲。一九四二年蕭紅猝逝，蕭軍悼念舊情：「生離死別已吞聲。緣結緣分兩自明。早有《白頭吟》約在，隴頭流水各西東。」雖用韻未諧，亦不棄舊體矣。學者能詩者則有康有為、梁啟超、章炳麟、柳詒徵、胡先驌、吳宓等，著述弘富，餘事而已。至於畫人兼具詩名者，吳昌碩《缶廬集》、齊白石《白石詩草》、溥心畬《寒玉堂詩集》、張大千《大風堂詩》、鄧芬《媽閣寄閒雜詠》等，江河萬古，尺幅千里，傳神寫意，風虎雲龍，尤以題畫之作，公私珍藏，亦足點染時局，振起波瀾。

辛亥軍興，政體未立，戰亂頻仍，軍閥割據。九一八日本侵略東北，七七盧溝橋事變，山河鼎沸，流亡載道。詩詞之作，隨寫隨散，其得而結集者，碩果猶存，名篇具在，或堪告慰亡靈，可供輯錄。其他英年早逝，淹沒無聞，散諸天壤者，不可復辨。一代文獻，孰為董理？天喪斯文，寧不痛乎？近日李遇春教授主持龐大國家科研基金重大項目，編纂《中國現代舊體詩詞編年史》二十卷。搜羅全國報刊雜誌、詩詞結集、社團活動、人物行止等，據春秋之書法，依月日以穿梭，發潛德之幽光，顯遺才之吟魄。以詩繫史，重鑄一代風騷；盱衡世局，可知當時鬱結。卅八年文采風流，見識山河歲月；二十卷詩詞著述，再展金粉虹霓。舊曲重溫，斯人復見，初心未泯，名篇具在，淋漓盛德，漪歟觀止矣！瘴癘妖氛，待除霾霧，武昌抗疫，佇望卿雲。庚子初春，黃坤堯序於香港。（二〇二〇）

陳一豫書法秀逸

陳一豫善詩，抄錄詩稿，一筆不苟，詩書配合，相得益彰，自然亦以書法鳴世。每一詩成，多謄寫數頁，分寄友人，同儕如獲至寶，喜何如之，善珍藏者或逾百件，殆未可知。陳一豫擅寫楷書，秀硬挺拔，規範整齊，書記翩翩，深具四庫館臣氣派，不假思索，一揮而就。復以文采煥發，搖曳多姿，捧讀再三，墨香盈袖。至於網絡所見，其散落人間者，天孫織錦，翎羽繁花，游龍戲鳳，縹緲煙雲，有緣而遇，洵非虛語。陳一豫楷書出鍾繇，結體質實，疏密異趣，傾向規整，樸茂自然。復益以二王風神，運筆筋骨血肉相輔，曲直長短，窮極變化，復歸勻稱，比例舒適。其後結合唐風，悟識歐陽詢、虞世南、褚遂良、柳公權四家之精神氣脈，大抵骨鯁峻健，勁挺峭逸，跌宕開張，章法渾成，典雅沈著，古意盎然，自成一家，英俊豪邁。《山近樓詩詞手寫本》所載詩頁，示範表演，姿采紛呈，亦學書者之正道也。庚子小滿前夕，適逢先生逝世周年，人天睽隔，精爽靡遺，如聞謦欬，消遣浮生。黃坤堯記。（二〇二〇）

《香港古典詩文集經眼錄續編》序

香港詩社乃小眾組合，興趣團體，高下參差，旋起旋滅。風雲際會，精英薈萃，有緣而聚，緣盡而散。其中有人，呼之欲出，朋從響應，設席追歡。仰唐宋之風流，接嶺南之雅韻，關注天心時局，面對陌生世界。西風勁草，傲然挺立，商業新姿，卓爾不群。營造高情遠韻，穩守傳統陣地。李杜宗風，一燈不滅，晚清宋調，時有嫡傳。溯荒誕之歲月，維持墜緒；振華夏之文明，掙扎求存。網羅詩壇人物，聯繫海外文林，不擇細流，不分雅俗，國風騷雅，蔚為大國。培育種子，茁壯成長，繁花似錦，星月爭輝。補詩史之斷層，通現代之血脈。切蹉藝苑，商榷文壇。此皆維港諸君之努力，詩社之時義大矣哉！

香港詩社活動頻繁，大會設定主題，相互酬唱。招來各方友好，同氣連枝；浪蕩江湖之中，相濡以沫。茶酒相歡，和氣為尚，以點讚為主，相互欣賞，議論甲乙，大可不必。必有長者，在府中設宴，山珍海錯，美釀佳餚，酒酣耳熱，慷慨高歌，指點江山，品評人物，佳作琳瑯，書畫增輝。其次召集酒樓，筵開數席，新知舊雨，來者不拒，品流複雜，可能互不相識。此外亦有科款茗聚，論文獻藝，增廣見聞，消磨時日。一九五九年，何古愚與馮漸達、何直孟、高澤浦、何叔惠、楊舜文、陳秉昌及黃少波等組成瀹社。雖僅八人，中間偶有過節，何古愚不置是非，和而不同，可見處人不易，寧不慎乎？一九六九年己酉修禊，何憬存、陶壽慈、車月峰、許邇良、錢華甫、梁祺勳六人在灣仔龍團茶樓，乃取各適其適、樂其樂之意，創立適社，以詩鐘為主藝。星期一敘，風雨無更，日午而至，薄暮而歸。一題在手，相互品鑒，皇皇讜論，裊裊鐘聲。除社友公評外，復邀名家閱卷，有溫中行、賴百超、葉玉超、潘小磐、林壽愷、董希灊、譚耀華、黃嗣拔、劉定怡、韋汪瀚、陳秉昌、賴定中、蕭君亮、何憬存、許邇良、陳乃殷、蘇文擢、吳其湛、梁華熾、潘學增、梁祺勳、錢華甫、陶壽慈、白福臻等，多者或主持二三回，品定甲乙，選錄佳製。佳會五十期，翌年匯為《適社第一集》。據作品所見，與會者尚有天爵樓主曾顯揚、麥正本、狷盦、劉雲閣、李坤、楊萬林、盧玉池、陳伯乾、李澤普、莫榆楝、梁華熾、陳菊圃等，文采風流，英姿勃發，亦可見一時之盛。

一九六六年碩果社元宵雅集，楊舜文倡為本地風光詩，選定八景，曰鯉門潮汐、石澳濤聲、石排酒舫、龍翔晚眺、青山禪磬、林村飛瀑、鳳凰旭日、塔門釣石。乃彙集眾製，佳作如林，反映當年社會俗尚，為香江增色。其後潘新安等意猶未足，乃倡為續八景詩，增列旗山夕照、望夫山石、船灣煙滸、屏山塔影、吉慶古圍、獅山磴道、分流漁浦、瀝源紅雨，亦以自然景物取勝，潑墨淋漓。當時作者有何小孟、何鏡宇、吳肇鍾、張方、陳伯祺、陳祖曦、陳秉昌、葉玉超、高澤浦、潘友泉、潘小磐、潘新安、關殊鈔、楊舜文、盧楚斌十五人。以一月完卷，佳章逾百，博識江天麗景，燦然大備，整頓文化版圖，尤漪歟盛矣！

香港詩社，飲宴之餘，出版刊物亦多，財力富厚者，製作較佳。早期多為線裝本，後易鉛字排印，碩果社、健社、青社、春秋詩社、海聲詞社、鴻社等皆有佳製，易於保存。其他人數較少，限於經濟條件者，稍作裝釘，製作簡陋，甚至只有油印本、手鈔本、單頁影印等，形式不一，所在多見。其他散見於《華僑日報》、《星島日報》、《天天日報》或其他刊物者，搜集不易。詩詞集多屬私人印製，殆非公開發行，以贈送為主，數量有限，流轉於朋友之間，難以覓得，時一過往，只能見諸私家珍藏，搜購亦不易哉！

香港詩社社員人數不易確定，前輩詩人作品易見，其他未為人知者尚多。健社輯錄同人姓名地址錄，按年輩排序，列出姓名、年歲、地址、電話等，方便彼此聯繫。首發於一九五五年，次為一九六四、一九七三、一九八七、一九八九各期，世殊時異，人面全非。又嘗出版《健社廿五年銀禧、三百期雅集詩刊》，一九七六年編印，前後加盟文友一百五十餘人。時代滄桑，新故之感，興替變化，亦富考證意義。其他春秋詩社、海聲詞社、南薰詩社、旅港清游會等亦各編製同人通訊錄、電話表等，按圖索驥，略知一二，或可作訪尋軌跡，愐懷當年盛況。

香港詩社包括詞社、詩鐘，兼容書畫，其見諸文獻記載者，始於一九一六年《宋臺秋唱》，次第繼起者有北山吟社、正聲吟社、蟾圓社、千春社等。香港淪陷末期，黃偉伯、謝焜彝等籌組天風社，戰後擴建為碩果社，多難軍興，才人匯聚，際會風雲，蔚為大國。而業餘文社原在澳門創立，戰後返港由韋汪瀚、潘學增主持，招攬徒眾，再振文場。一九五〇年後依次成立者為堅社、《海角鐘聲》、健社、風社、青社、三六詩鐘社、星期五詩鐘會、新雷詩壇、瀹社、太平詩苑、春秋詩社、披荊文會、國風藝苑、亞洲詩壇、香港詩壇、微社、圓社、海聲詞社、芳洲社、輔仁學社、宇宙詩壇、適社、歲寒詞社、錦山文社、鴻社、南薰詩社、乙卯詞社、愉社等。其他天聲文社、化境社、清遊會、獅子山雅集、鐘友社、雲社、璞社、朔望社俟考。此外尚有昌社，由何竹平、潘小磐、梁耀明、梁其政、黎光、戴欽才、黃伯鏗等主持。昌字依字形有日日之意，平日中午在中環鑽石酒樓茶聚，自由出席，交流作品；歲晚團年，宴聚全港詩書畫界同好，觥籌交錯，精英雲集，籌辦多年，堪為盛事。昌社無任何組織及加盟條件，或可謂之影子詩社。

香港詩社非登記社團，聚散無常，組織鬆散，作品搜羅不易，千頭萬緒，難以整理。近日鄒穎文女士編次《香港古典詩文集經眼錄續編》，網羅所見詩社集、詞社集、詩鐘、謎語等，詳考篇目，撰述源流，耗費心力，成果豐碩，俾百年以來香港詩壇之輝煌面貌，得以重現，獅山維海，再振吟魂，眉清目秀，功德無量，予樂見其成，豈不快哉！庚子秋分，黃坤堯序。（二〇二〇）

豪華夜宴圖

林峰會長九秩大慶，香港詩詞學會同仁假銅鑼灣富豪酒店設宴祝賀。銅鑼灣乃維港中心繁華地段，昔日利舞臺戲院固為著名演藝中心，對面豪華戲院上映《賓虛》大片。而附近銅鑼灣避風塘，更屬聲色大開之娛樂場所。是夕觥籌交錯，衣香鬢影，歌樂雜作，賓主盡歡，銅鑼灣夜色優美迷茫，《韓熙載夜宴圖》髣髴重現，或可譽之為當代版《豪華夜宴圖》，重塑壯闊詩史場景，反映千禧盛世之香江氣象。

鄧芬晚年寓居香港，即流連於銅鑼灣避風塘中，與友人黃般若、李凡夫（鄭錫祥）等畫友遊船飲宴，檀板金樽，愛聽司徒珍、司徒玉大B細B唱曲，後來更納為女弟子，度腔撰〈天女維摩〉一曲。司徒姊妹擅奏琵琶洋琴，兼唱粵曲，幽約宛轉，乃引薦姊妹花於馮華「今樂府」歌座歌場等登臺演唱，深受聽眾歡迎。一九六二年，鄧芬〈壬寅秋日季謀以四絕見貺，戲步元匀〉其四云：「事已成煙認不真。閑來閑處作閑人。避風塘上琵琶語，續續無端又一春。」當時歐西流行曲風靡香港，而傳統粵曲知音具在，風花雪月，爭妍鬥麗，相互抗衡，歌壇尤為熱鬧。

南唐顧閎中畫院待詔，所作《韓熙載夜宴圖》乃工筆重彩人物畫，摹寫韓熙載府中飲宴聽聲樂、觀舞伎場面。韓熙載身材魁梧，滿臉鬍鬚，方面大耳，放曠不羈，率任自性，維妙維肖，每段畫中姿態各異，反映內心活動。畫作人物眾多，所列賓客有太常博士陳致雍、門生舒雅、紫微朱銑、狀元郎粲、名僧德明、教坊副使李家明兄妹、歌妓王屋山等。

畫分五段，以屏風床榻分隔，信步閒行，風光綺靡。第一段寫韓熙載與朱衣人狀元郎粲坐於床上，其他賓客旁聽李家明妹演奏琵琶，全神貫注；第二段韓熙載擊鼓，王屋山舞姿婀娜流動，而賓客則配合觀賞互動變化；第三段韓熙載洗手休息；第四段韓熙載坐聽眾妓吹奏，刻畫諸妓嘴形變化，眼神沈醉，手指起伏，彈響自然；第五段畫韓熙載賓客與諸妓調笑之狀。《韓熙載夜宴圖》運筆細潤圓勁，設色濃麗，人物形象清俊娟秀，細膩傳神。

林峰會長乃詩壇祭酒，亦為當代香港詩詞領導人，創作弘富，地位顯赫。今夕為林會長賀壽，其實亦為香港詩壇祝禱，與會同仁分沾高壽喜悅。而盛會更具意義：第一，林峰會長原籍焦嶺，乃全國著名長壽之鄉，而香港亦為全球高壽城市三甲之選。第二，香港詩人享高壽者特多，一九三七年戰禍頻仍，黎國廉、江孔殷同住香港羅便臣道妙高臺，時常招待文士雅集；一九三九年，江孔殷、朱汝珍於香港孔教學院組千春社，為雅集聯誼之所。一九四一年千春社宴，出席文士有盧衮裳、俞叔文、黎國廉、楊鐵夫、胡伯孝、陳覺是、李景康、盧維嶽（岳生）、朱子範、葉恭綽、黃慈博、鄭洪年、葉茗孫、盧湘父、黃密弓、黃詠雩等十九人，合共千餘歲，故稱千春社。朱汝珍〈千春社鐘會賦〉云：「憶尋蹤安定園中，歲次戊寅之夏；記攝影妙高臺畔，時維己卯之春。其名以千春也，以社中不乏英年，亦多老者。十九人同氣相求，千一歲唯天所假。諸公藉印證泥鴻，賤子得附庸風雅。」可見一時盛況。

一九五五年香海千歲宴。由陳玉泉、許愛周等創立，成員林翼中、黃伯芹、區建公、李海東、盧湘父、陳本、何竹平等。座中耆老合共千餘歲，故仿千春社稱「千歲宴」。

一九九〇年錦山春禊，錦山十老潘世謙、陳伯祺、潘碧泉、陳泰階、梁其政、梁耀明、黃子成、潘小磐、何竹平、潘新安同席，合計八〇四歲，邁進千禧之境。翌年何竹平輯錄《錦山春禊藝文集》出版，紀錄二十年盛會及歷屆作品，珠玉紛披，驚豔奪目。

二〇二二年十一月六日，香港詩詞學會同仁富豪夜宴，金風送爽，少長咸集，座中耆英名宿具在，會聚一堂，不減昔年盛況，或可稱為香港詩壇千歲續宴。林峰會長偕眾嘉賓同賀同喜，同享歡娛。謹祝林峰會長暨嘉賓仕女賢達身體健康，戰勝疫境，共創香港詩壇千禧盛世，分享香港詩壇千春盛宴，繼往開來，千春千夏千秋歲。黃坤堯恭賀，壬寅十月立冬前夕。

六朝文論

兩漢無文學，皆託言經術，以營利祿之私。三百年間，僅《史》、《漢》二書暨民間樂府為足觀者，餘則闃然寂然，斯可痛也矣！

建安為古今文章一大轉紐，亦猶唐之天寶，皆亙古未有之變局，承先啟後，抉幽顯微，所謂天下之至文，衍流出焉。今論六朝文學，當以建安為始。

曹公以扛鼎之雄，角鹿中原，文治武功，一時稱盛。蓋曹公非常人也，感亂世之流離，哀生民之疾苦；相位以來，即以平天下為己任，求逸才，罷禮教，變傳統，洗頹風，皆有助於民生國計者也。故發為詩文，慷慨悲咽，其聲至哀，其心至苦，論者謂建安風骨，盡於此矣。所以領袖群豪，亦獨步一代也。

曹丕才略不遜乃父，雖篡漢自立，而無以守成，魏祀之不修，良有以也。然醉心文學，公讌唱和，鄴下賢才，網羅稱盡，即文會一事，亦開百世之盛也。嘗著《典論》，有〈論文〉一篇，謂「文章經國之大業，不朽之盛事」，開六代風氣，亦後世評論之所由昉焉。

曹植才高八斗，然不見諒於乃兄，無以騁其經世之懷，抑鬱以終。今傳《曹子建集》十卷，各體皆善，尤多傳神之筆。《詩品》謂「骨氣奇高，詞采華茂」，即兼內容形式二者而言，遂為的論。七子文學扈從，骨力稍卑，無出三曹外者；然牡丹綠葉，相得益彰，亦足以振一朝之盛典也。東吳魚米之地，西蜀天府之邦，辭情華茂，理所當然，若詞派之有南唐、花間者，亦得力於江山之助也。惜為曹魏所掩，無論工拙；今傳〈出師〉、〈陳情〉二表，皆血性文章，自然流露，感人至深，亦當千古矣！

魏晉交替，殺戮日多，儒術衰微，老莊復熾。一代文士，皆辟禍遁身，全神保貞，輕徇務之志，善忘機之談。故正始玄風，王弼何晏導其先，七賢揚其波，放浪形骸，流連歌酒，至有晉而極其盛焉。《晉書儒林傳序》嘗論之云：「有晉始自中朝，訖於江左，莫不崇飾華競，祖述玄虛，擯闕里之正經，習正始之餘論，指禮法為流俗，目縱誕以清高；遂使憲章弛廢，名教頹喪。」玄學之盛，於茲可見。然七賢文章，實有不得已者；故阮籍《詠懷》，終有所託；嵇康《絕交》，不堪流俗；非其時其地，何以知其人耶？故作者之意識個性，無所遯焉。

論西晉文學，當推太康，有所謂三張二陸兩潘一左者，而猶以陸機、潘岳、左思三家為著，皆以賦名，然逞辭瑰麗，不免有浮豔之譏。陸機作〈文賦〉，詳言運思、命筆、立意、遣辭諸義，較曹氏立說，更稱完善。西晉詩多雜詠擬古之作，不足觀焉；惟劉越石仗清剛之氣，發悽惋之音，僅存詩三首，亦可想見其為人。

東晉玄風而外，更通佛理；王謝世家多出人才，領袖一代，故風氣所趨，仿效日眾，觀〈蘭亭〉一序，所思過半；及淵明出而一大變，而晉室亦將亡矣！淵明詩文自然樸實，韻味雋永，尤以山水田園載詠，帶月荷鋤真趣，舍玄思，任自然，沖淡高遠，胸襟閒適；故能結兩晉之玄想，開四朝之流風。

南朝四代，祚命推移，然文風流彩，臻於極盛。尤以蕭梁一代，更為獨步；元帝文筆之分，休文聲韻之說，允稱絕見，於文章影響至巨；即詩家宮體一派，亦衍流而出，其他蓋可想見。考其原因，厥有五端。

論時代：南朝偏安江左，為文人薈萃之地，寫故國之思，抒新亭之泣，悲歌慷慨，誓復神州，無奈上下爭權，內亂屢作，百六十年間，凡易四代，文人救死不及，奚遑經國救民哉？故託之風月，聊寄憤懣而已。

論地域：南朝皆都建業，統一東南半壁，為中國新興經濟中心，商業稱盛，文士流連其地，樂而忘返，俯仰之間，已成陳迹，發為感慨，亦非故國之思耳。讀丘遲〈與陳伯之書〉，有謂「暮春三月，江南草長，雜花生樹，群鶯亂飛」，淳不知斯世何世？

論思潮：佛法代興，風披一代，建築、繪畫、雕塑、歌詩皆受其影響，為歷代所無，文士才氣，易得發展。更因字母之說，推衍聲韻之道，判低昂，審清濁，平仄相對，律呂諧和，古體一變而為近體，此轉機焉。

論政治：諸帝士族，均以文藝為不朽之盛事，相率為天下倡，而蕭梁尤甚焉，卒至亡國，未嘗稍衰。且宋文帝元嘉十六年，別文學於儒玄史三館外，的為創見，厥風彌盛。

論民風：南朝四代，江左偏安，農商發展，竝臻極盛，故風謠多男女之思，詩歌多豔情之作，讀吳歌西曲，實與漢魏樂府悽惋之音異。文士效之，無復知有國計民生矣。然不入山水一途，即為豔情一派，論者謂可足為一代觀，不足為百世法也。

論宋代文學，承淵明之後，莊老告退，山水方滋，謝康樂無論矣；鮑明遠飽經憂患，集中多悲苦之作，而一以俊逸出之，惜多豔體，雕藻淫麗，為後世病。

齊代詩文，當推小謝為獨步，尤以山水詩為著。沈德潛《古詩源》謂「玄暉靈心秀口，每誦名句，淵然泠然，覺筆墨之中，筆墨之外，別有一段深情妙理。」非玄元之想，可謂知言。

梁代文章，濟濟盛矣。陶宏景〈答謝中書書〉、吳均〈與宋元思書〉，皆寫景傳神、山水小品之作，可謂盡矣，雖置之北朝《水經注》、《洛陽伽藍記》二書中，亦何以品其甲乙耶？梁代諸帝皆善文華，即昭明太子《文選》一集，識力超絕前古，後世選家，莫能過也，余特拈其序文一篇，允為集中壓卷。沈約歷仕宋、齊、梁三代，與謝朓、王融創永明體，倡聲律說，論對偶，嚴八病，影響唐詩至巨，然詩作不足觀，流於形式，後世譏之。江淹出身寒微，以二賦著稱於世。

蕭梁有二書，竝稱於世，即劉勰《文心雕龍》與鍾嶸《詩品》也；祖述魏文陸機，開後世文評詩論之先，雖論著各異，持見不一，要不失其為一代之典籍焉。

陳代詩文，陰鏗先以詩鳴，與何遜竝稱於世。後主、徐陵、江總亦不相上下，惟好作淫辭，骨力卑矣。徐陵有《王臺新詠》一選，終為昭明所掩。庾信本南人，後出使北廷，不得歸，愴懷家國，每多哀思之作，所作〈哀江南〉賦，集六朝文人之大成，開唐詩三百年之盛局，南北文化分而復合，允稱盛舉。

六朝演小說，惜不盛，晉干寶《搜神記》、宋劉義慶〈世說〉二書，今傳，可資考覽，此不論。

六朝盛樂府民歌，風格清新，語言生動，富於表現力，其始皆徒歌，其後被之管弦，蓋長江中下游之不同，而有西曲、吳歌之分，要皆抒衷懷，觀民俗，其揆一也。

北朝文章不著，溫子升〈韓陵山寺碑〉，深受徐陵賞識，謂「惟有韓陵一片石堪共語」，其他驢鳴狗吠而已。惟民歌豪放爽朗，慷慨激昂，若〈敕勒川〉、〈木蘭辭〉者，亦足以見一代佳製焉。

六朝乃中國文學史上之黃金時代，作者之意識個性，得以自由發展，非後世腐儒可比。故六代文風，雖亡國而不衰，觀王子安〈滕王閣詩賦〉一事，亦足踵武，何減昔賢？論者有謂「八代之文衰於韓愈」，或非過論矣。

【〈六朝文論〉，《文風》第廿一期，臺北：國立臺灣師範大學，一九七二年六月，頁九四—九七】

《詩品》修辭新說

司空圖，字表聖，河內人，學於張籍，咸通末年進士。於僖宗朝為禮部員外郎，棄官居虞鄉王官谷，自號耐辱居士。昭宗屢徵之，不起。至昭宗時，柳璨以詔書徵之，因自謂衰野，墜物失儀，遂得放還山。時寇盜並起，相戒不入王官谷。朱全忠已篡，召為禮部尚書，不應；聞哀帝被弒，不懌，數日卒。後人作詩弔之云「泉石殉君王」，蓋隱逸中節義人也。《唐書．卓行傳》云：「司空圖本居中條山王官谷，有先人田，遂隱不出，作亭觀素室，悉圖唐興節士文人，名亭曰休休。作文以見志曰：『休，美也；既休而美具，故量才一宜休，揣分二宜休，耄而聵三宜休。又少也惰，長也率，老而迂，三者非濟時用，則又宜休。』因自以為耐辱居士。」則其人可知矣。

表聖平生好吟詠，工詩，持論亦精，謂味在酸鹹之外。其〈與李生論詩書〉云：

「王右丞、韋蘇州，澄澹精緻，格在其中，豈妨於道學。」因以為準的，自立詩家高格。但以才有高下，故其之教人為詩也，門戶甚寬，不拘一隅，並自舉其詩如「川明虹照雨，樹密鳥衝人」、「日帶潮聲晚，煙和楚色秋」、「綠樹連村暗，黃花出陌稀」、「五更惆悵回孤枕，猶自殘燈夢落花」等句，謂「皆不拘於一概也」，蓋自許如此。其〈杏花〉絕句云：「浮世榮枯總不知，且憂花陣被風吹。儂家自有麒麟閣，第一功名只賞詩。」矜重不群，愴懷人傑。現存《司空表聖文集》十卷、《詩集》五卷、《詩品》一卷等。

《詩品》之作，妙解詩理，細分二十四品，各以六韻十二句盡之。所列諸體皆備，不主一格。其詞高妙芳潔，雄鳴藝苑，意在摹神取象，俯拾即是。繼劉舍人、鍾中郎之後，尤自得味外之旨也。逮宋滄浪嚴氏，專主其說，衍為詩話，亦名家矣，昔王三德《詩品續解序》嘗云：「燈下卒讀，見其前後貫串，議論融洽，忽覺有悟，非悟作詩之法，悟讀書之法也。」深得表聖之意。蓋《詩品》貴悟不貴解，必如五柳先生之不求甚解可也，成誦於口，了悟於心，一旦豁然貫通，自有言外之趣，若必強解其所不解，則流於穿鑿附會，失卻作者苦心耳，此讀《詩品》者所不可不知也。

《詩品》之目凡二十四：曰雄渾、沖淡、纖穠、沈著、高古、典雅、洗煉、勁健、綺麗、自然、含蓄、豪放、精神、縝密、疎野、清奇、委曲、實境、悲慨、形容、超詣、飄逸、曠達、流動。脈絡條貫，不可強分，為詩之法，大備於是。其於修辭之道，亦云備矣，不必偏守一隅也。竊不自量，條分為四，揭出雄渾、高古、綺麗、飄逸四境，總覽全局，或非表聖之意，但抒己見云爾。

其一雄渾，而以沖淡、勁健、自然、精神、流動附之。蓋詩家最高境界。《皋蘭課業本原解》云：「此非有大才力大學問不能，文中惟莊馬，詩中惟李杜，足以當之。」旨哉其言之矣。

詩文之道，非求貌似，無神則不足見其美，若行尸焉，衣之以錦繡，施之以朱鉛，雖復其美貌，然兩目不見其神，適足以見懼而走人焉。故神理氣味，文之精也，此雖桐城宗法，然亦非脫胎於表聖之論乎？

「大用外腓，真體內充。返虛入渾，積健為雄。」表聖之論雄渾也，即體精用宏之旨，沛然塞乎其內，則表之於外者自可不著痕迹矣。工部云：「讀書破萬卷，下筆如有神。」旨哉言也。

「素處以默，妙幾其微。」此沖淡也。《臯解》云：「此格陶元亮居其最，唐人如王維、儲光羲、韋應物、柳宗元，亦為近之。即東坡所稱『質而實綺，癯而實腴，發纖穠於簡古，寄至味於淡泊。』要非情思高遠，形神蕭散者，不知其美也。」此言莫之求而自致，非摹擬可得也。

「行神如空，行氣如虹。……天地與立，神化攸同。期之以實，御之以終。」所論勁健也。李重華《貞一齋詩説》謂：「杜以神行氣，李以氣行神。」蓋詩中亦僅此二家得其全也。

「俯拾即是，不取諸鄰。」此論自然也。楊廷之《詩品淺解》云：「自然則當然而然，不知其所以然而然。」亦主不假外求也。蓋詩文總以自然為貴，隨性所安，但以一吐胸臆為快，若橫加矯扭，桎梏性靈，則無天趣，豈足以名世哉。

「妙造自然，伊誰與裁。」此論精神也，孫聯奎《詩品臆說》云：「人無精神，便如槁木；文無精神，便如死灰。」文章乃造化機杼，必與造化同遊寂寞之境，庶得之矣。

「超超神明，返返冥無。來往千載，是之謂乎。」此論流動也。楊振綱《詩品解》云：「其在《易》曰，變動不拘，周遊六虛。天地之化，逝者如斯。蓋必具此境界，乃為神乎其技，而詩之能事畢矣，故終之以流動。」此謂流動既不可以迹象求之，只有任其自然，如神軸天樞之循還往復，千載不停，差為近似。

此六品總論雄渾境界，乃修辭極則，高山流水，實由天趣，不可妄求，才力所限，但以真意出之，斯為得矣。

其二曰高古，而以沈著、典雅、含蓄、縝密、實境附之。蓋「高則俯視一切，古則抗懷千載。」楊廷之之言善矣。

「如有佳語，大河前橫。」此論沈著也。《臯解》云：「此言沈摯之中，仍是超脫，不是一味沾滯，故佳。蓋必色相俱空，乃見真實不虛。若落於迹象，涉於言詮，則纏聲縛律，不見於玲瓏透徹之悟，非所以為沈著也。」

「虛佇神素，脱然畦封，黃唐在獨，落落玄宗。」此論高古也，獨立自持，蓋不必流於世俗，斯為得之。

「坐中佳士，右右修竹。」此論典雅也。《臯解》云：「蓋有高韻古色，如蘭亭金谷，洛社香山，名士風流，宛然在目，是為典雅耳。」

「不著一字，盡得風流。語不涉己，若不堪憂。是有真宰，與之沈浮。」此論含蓄也。《臯解》云：「此言造物之功，發洩不盡，正以其有含蓄也。若浮躁淺露，竭盡無餘，豈復有宏深境界，故寫難狀之景，仍含不盡之情，宛轉悠揚，方得溫柔敦厚之遺旨耳。」詩之所難，在於此耳，若率意而陳，則餘味何有，況諷誦乎？詩騷之所以流傳千古者，良有以也。

「是有真迹，如不可知。意象欲出，造化已奇。」此論縝密也。無名氏《詩品注釋》云：「言是縝密者明明有真迹之可尋，而其意象卻如不可知，又未易以粗心測也。」孫聯奎《詩品臆説》舉唐詩「落葉滿空山，何處尋行迹」解之，最佳。蓋雕琢成文，湊泊為事，則性情何有？雖貌似縝密而實空疏矣。

「情性所至，妙不自尋。遇之自天，泠然希音。」此論實境也。《皋解》云：「文如作人，雖典雅風華而肝膽必須剖露。若但事浮偽，誰其親之。故此中真際，有不俟遠求，不煩致飾，而躍然在前者，蓋實理實心顯之為實境也。」眼耳所到，斯為天機，亦為實境，古人之作詩也必如此。鍾嶸云：「觀古今勝語，多非補假，皆由直尋。」蓋亦深得此中真味矣。

此六品繫之以高古，而實出於性情之事，不涉天趣，非若雄渾之難致也。但以真語出之，則真意流露，焉得不云修辭之第二境界乎？

其三曰綺麗，而以纖穠、洗鍊、清奇、委曲、形容附之。觀此則修辭之能事畢矣。

「乘之愈往，識之愈真，如將不盡，與古為新。」此論纖穠也，著一「古」字，則非流於俗豔可知，蓋必有其真骨也。李德裕〈文章論〉云：「譬諸日月，雖終古常見而光景常新，此所以為靈物也。」文章之道，亦何異乎？

「流水今日，明月前身。」此論洗鍊也。《詩品注釋》云：「言流水是我今之日，而活潑無窮，明月是我前之身，而修因有素也。『今』字有當前指點意，『前』字有三生夙業意，二語使人神往。」蓋不洗則不淨，不鍊則不純也。

「取之自足，良殫美襟。」此論綺麗也，雖得之則燦爛可觀，然不可不慎焉。楊振綱《詩品解》云：「過於雕琢，淪入澀滯一途，縱使雕繢滿目，終如剪綵為花，而生氣亡矣。」故必出於天然而後可，如春入園林，鳥唱花開，自有生意也。《詩品注釋》云：「有味之而愈覺其無窮者，是乃真綺麗也。」

「神出古異，澹不可收。」此論清奇也。蓋心神出於高古奇異，自覺蕭然淡遠。《皋解》云：「今如剡溪返棹，獨釣寒江，幽絕勝絕，高絕奇絕，乃清奇之至矣。」

「道不自器，與之圓方。」此論委曲也。《皋解》云：「文如山水，未有直遂而能佳者，人見其磅礴流行，而不知其纏綿鬱積之至，故百折千迴，紆餘往復，窈深繚曲，隨物賦形，熟讀《楚詞》，方探奧妙耳。」所謂「柳暗花明又一村」，在於忽信忽疑，終不許一語道破也。按此雖與含蓄相似，而效用相同，蓋含蓄指內斂言，而委曲則見之於外露也。

「俱似大道，妙契同塵。離形得似，庶幾斯人。」此論形容也。言形容不可以迹求，亦不可以強力致，必與道同游，斯湛然常存矣。亦形容之最高處也。

右六品總謂之曰綺麗，蓋積極之修辭也。子曰：「質勝文則野，文勝質則史，文質彬彬，然後君子。」此言不可不勉也。蓋修辭亦必以自然為最高境界，若妄求之，則過矣。

最後曰飄逸，而以豪放、疎野、悲慨、超詣、曠達附之。亦可見修辭之要，必在於真性情也。

「觀花匪禁，吞吐大荒。由道返氣，處得以狂。」此論豪放也。楊廷芝《詩品淺解》云：「豪則我有可蓋乎世，放則物無可羈乎我。」非人力之可致也。

「惟性所宅，真取弗羈。控物自富，與率為期。築室松下，脱帽看詩。但知旦暮，不辨何時。倘然適意，豈必有為。若其天放，如是得之。」此論疎野也。實乃真率之一程，蓋天機自露，絕去雕飾也。

「大道日喪，若為雄才，壯士拂劍，浩然彌哀。」此論悲慨也。非但專指一己之私，亦悲天憫人之懷。慨當以慷，不妨長歌當哭也。

「少有道氣，終與俗違。」此論超詣也，必與造化同遊，則能超越尋常矣。

「落落欲往，矯矯不群。」此論飄逸也。必雅韻高情，清思妙筆，斯為得之。

「生者百歲，相去幾何？……倒酒既盡，杖藜行歌。孰不有古，南山峩峩。」此論曠達也。《皋解》云：「迂腐之儒，胸多執滯，故去詩道甚遠，惟曠則能容，若天地之寬，達則能悟，識古今之變。所以通人情，察物理，驗政治，觀風俗，覽山川，弔興亡，其視得失榮枯，毫無繫累，悲憂愉樂，一寓於詩，而詩之用不可勝窮矣。故此二字所以掃塵俗，袪魔障，乃作詩基地，不可忽也。」

右六品以飄逸為主調，總括前三者天趣、性情、綺麗而言，蓋「文非一體，鮮能備善」，若能融會而貫通之，亦思過半矣，詩品之於人品，不亦然乎？

表聖論詩，專注天趣，修辭之事，實乃小道，若拘泥文句，弄巧反拙，則味同嚼臘，亦何以語乎詩哉？

【參考《皋蘭課業本原解》，楊振綱續解：《司空表聖詩品解》，臨潼王飛鄂道光二十三年華雨山房本。楊廷芝《二十四詩品淺解》，孫聯奎《詩品臆說》，見孫昌熙、劉淦校點《司空圖詩品解說二種》（濟南：齊魯書社，一九八二）。】

【〈《詩品》淺讀：兼論修辭之法〉，載《文海》，臺北：國立政治大學，一九七二年六月，頁四五－四六】

讀《憶雲詞》

吳梅《詞學通論》云：「詞至清代，可謂極盛之期。惟門戶派別，頗有不同。二百八十年中，各遵所尚，雖各不相合而各具異采也。」寥寥數語，可為的論；然余以為尚不止此也。蓋清代詞人輩出，用力亦勤，理論與實用並重，蔚為一代風氣，至清末仍不稍衰，實可追越兩宋而各領風騷也。雖然，二百年間，學人之詞多矣，惟詞人之詞則少，復堂並祠容若、蓮生、鹿潭三家為詞人之詞，實具卓見。惟靜安、瞿安均不滿蓮生，多有微詞，蓋以其儇薄者耶？考《人間詞話》云：「詞人者，不失其赤子之心者也。」本此，則蓮生實足以當之也。

蓮生者，浙人也，又與常州同期，然均不為所囿，獨闢谿徑，起弊振衰；雖無君國之寄，然「疊遭家難，索居鮮歡」（《丙稿．自序》語），亦短歌當哭也。嘗語人曰：「余詞可與時賢角，詩不足存。」（吳仲雲《杭郡詩續輯語》）蓋自負如此，不亦赤子之心乎？非狂狷也。

其《甲稿·自序》云：「生幼有愁僻，故其情豔而苦，其感於物也鬱而深，連峯巉巉，中夜猿嘯，復如清湘戛瑟，魚雁沈起，孤月微明，其窅敻幽淒，則山鬼晨吟，瓊妃暮泣，風裳雨鬢，相對支離，不無累德之言，抑而傷心之極致矣。」余讀其詞，信然。其〈玉漏遲·題飲水詞後〉下闋云：「最憐淥水亭荒，曾幾度留連，幾番昏曉。玉笥埋雲，付與後人憑弔。君自孤吟山鬼，誰念我啼鵑懷抱。消瘦了。恨血又添多少。」意傷情重，亦自擬也。其〈一萼紅·瑞洪雨夜有懷〉下闋云：「何事留連吳楚，歎消磨多少風月淒清。倦枕久愁，寒衾貯夢，客路到處傷情。想今夜孤舟飄泊，更有人樓上數殘更。應是玉釵敲斷，難問歸程。」又〈徵招〉云：「泠鵑啼落西湖月，詞人可憐俱老。玉笥總埋雲，賸秋風殘照。薄游權意少。忍重展烏絲遺稿。竹屋蕢洲，酒邊花外，黯然懷抱。 愁艸。掩閒門，知音絕，誰聽怨琴悽調。暗葦泣孤蛩，耿窗鐙寒峭。角巾歸去好。定還共夜臺歌嘯。醉魂遠，剪紙難招，悔相逢不早。」低廻幽窈，煩寃鬱積，令人不忍卒讀。然集中亦間有閑適歡愉之作，若〈清平樂·池上納涼〉、〈浣谿紗·閨中消夏詞〉、〈女冠子·閨中禮佛詞〉諸作，殆亦後主江南之什乎？

蓮生功名之念甚淺，但求閑裏消磨，亦善識人世矣，故道光十二年始中鄉舉，不三年，以一第終，時年三十有八，天酷斯人，不云至乎？然而未嘗有怨言也。其〈祝英臺近．自題填詞圖〉：「幾曾奉旨填詞，偷聲減字，便消瘦華年一度。」又云：「今生封侯無分，儘修得劉郎花譜。」〈采桑子．答吳子律〉下闋云：「浮名只為填詞誤，詩酒流連。花月因緣。寫入烏絲盡可憐。」又詩〈感懷四首〉之二云：「人物難居第一流。十年磨劍未封侯。」其四云：「釧動花飛久悟禪。填詞奉旨更何緣。」雖怨而實不怨，其何以知乎？道光二年〈滿江紅〉自注云：「九月十四日晚乘月過虎跑，憩小池上。見寺門未闔，閒步進客堂，有皂衣高冠者，呵禁甚嚴。問老僧，知當軸貴人讌兩試官於此，始憶城中放榜，又三日矣，一笑紀此。」則平生亦思過半矣。

蓮生聰俊，出語驚人，其佳句足以傳唱千古者，若〈臨江仙〉之「有限春宵無限恨，夢回依舊難留。」〈清平樂〉之「一霎荷塘過雨，明朝便是秋聲。」〈八聲甘州〉之「休悵望，有闌干處，總是斜暉。」〈清平樂〉之「更更更鼓淒涼。翠綃彈淚千行。併作一江春水，幾時流到錢唐。」〈阮郎歸〉之「無一語，只加餐。病時須自寬。早梅庭院夜深寒。月中休倚闌。」〈清平樂〉之「歸夢不如不作，醒來依舊天涯。」叮嚀耳際，語重心長，余每喜諷讀再三也。

然蓮生詞亦有不可學者三，學者不可不知。其一為枉作聰明語，瞿安早言之，並舉其類曰：「集中如〈河傳〉云：『梧桐葉兒風打窗。』〈南浦．詠柳〉云：『且去西泠橋畔等。』〈卜算子〉云：『也似相思也似愁。』〈減蘭〉云：『只有垂楊，不放秋千影過牆。』〈百字令〉云：『歸期自問，也應芍藥開矣。』諸如此類，皆徒作聰明語，與南北曲幾不能辨。」宣雨倉云：「憶雲工整，稍近夢窗，亦似肉多於骨。」靜安云：「憶雲詞精實有餘，超逸不足。」蓋指此也。其二為詞品不高，若〈沁園春．詠帳〉云：「裏許元來別有春。」又下闋云：「輸他見慣橫陳。笑比似紅牆隔幾層。記銷金寒重，枕憐雙朶，輭綃涼透，牀怯初分。珠絡明縣，香篝暗滅，圍得柔鄉到曉溫。無眠夜，聽珊瑚鉤響，第一銷魂。」又〈浣谿紗．詠竹夫人〉云：「慣把橫陳惱謝娘。兒家生小住瀟湘。虛名賺殺楚襄王。　不為心靈因底瘦，只緣愁盡轉嫌涼。思君欲斷更無腸。」又〈鵲橋仙．即席戲詠瓜子〉下闋云：「相思一點，合懽雙剖。擲向檀郎衫袖。十三剛是破瓜時，怕裏許人還未有。」皆徒作豔語，蓋所謂「初不知一人其彀，必至儇薄也。」（瞿安語）亦其自序無累德之言乎？其三曰割裂拼湊，不成句法。若〈卜算子〉之「人比西風冷」及〈浣谿紗〉之「西風吹我落天涯」是也。

蓮生詞喜用「閒」、「愁」二字，集中屢見。其《丁稿．自序》云：「當沈頓無憀之極，僅託之綺羅薌澤以洩其思。蓋辭婉而情傷矣，不知我者，即謂之醉眠夢囈也可。」嗟乎！是真傷心人矣。其〈綺羅香．和碧珊〉云：「借病瞞愁，判閒作夢。」兩句說盡平生，蓋所謂「不為無益之事，何以遣有涯之生」也（丙稿．自序）。又〈醉太平．有憶〉云：「一生閒裏消磨。問人生幾何。」怨耶？非耶？彊邨有〈望江南．雜題我朝諸名家詞集後〉，其題項蓮生云：「無益事，能遣有涯生。自是傷心成結習，不辭累德為閒情。茲意了生平。」蓋囊括自序語而言也。

譚獻〈項君小傳〉云：「善填詞，幽異窈眇，浸淫五代兩宋而擷精棄滓，好擬溫韋以下小樂府；津逮艸窗夢窗，蹊逕既化，自名其家。」殆為知言。然余以為蓮生詞古豔哀怨，感情深厚，惝恍迷離，境界自高，蓋得力於《楚騷》也，集中有〈壺中天〉之「天乎難問」可證，又〈浣谿紗〉之「淺幘涼尊事已非。西風催換薜蘿衣。」及《甲稿．自序》，均為其託體也。

蓮生詩文亦佳，小序尤清新可愛，似六朝小品而去其滯也，諷讀既久，自有領會焉，亦一得也。

【〈讀《憶雲詞》〉，《五千年》創刊號，臺北：國立臺灣師範大學，一九七一年六月，頁廿二—廿三。】

讀《水雲樓詞》

清代詞家眾矣，比之兩宋，實無愧色。惟論詞人之詞蓋寡；蓋納蘭導其源，蓮生振其緒，鹿潭集其成，蕙風則其殿焉，二百六十年中，如是而已。故清詞以水雲為冠，淳非虛語。

《水雲樓詞》可分兩期。咸豐兵事以前，多遊踪所寄，暨個人身世之感。以後則流落江北，鬱鬱不得志，復以家國之恨，人事都非，悲吟嗚咽，益形淒楚矣。故讀其詞者，當以〈踏莎行〉「癸丑三月賦」（一八五三）為界，斯為得之。

前期有〈木蘭花慢．江行晚過北固山〉一闋，當為壓卷，亟錄之：

泊秦淮雨霽，又燈火，送歸船。正樹擁雲昏，星垂野闊，暝色浮天。蘆邊。夜潮驟起，暈波心、月影盪江圓。夢醒誰歌楚些，泠泠霜激哀弦。

嬋娟。不語對愁眠。往事恨難捐。看莽莽南徐，蒼蒼北固，如此山川。鉤連。更無鐵鎖，任排空、檣艣自回旋。

寂寞魚龍睡穩，傷心付與秋煙。

以余考之，當為將歸江陰而過北固山者，斯時太平軍尚未起事，或有感於鴉片一戰，亦文士悲秋之什也。

《水雲樓詞》善寫離別，寫境界，寫軍旅，離合悲歡，荒涼幽寂，一一託之於詞。故集中佳作之多，非惟鍊字鍊句，至全首可誦者，難以枚舉。

《水雲樓詞》深得白石神理，其身世亦復相類，加以揚州乃千古傷心之地，故順筆拈來，便成高響；五百年來，真能入白石室者，鹿潭一人而已。陳廷焯謂鹿潭深於樂笑翁，未為知言。

白石佳詞多出其自製曲，小序數行，清絕秀絕，至鹿潭效之，幾以亂真，姑各舉一例以概覽之。〈一萼紅〉「丙午人日，予客長沙別駕之觀政堂。堂下曲沼，沼西負古垣，有盧橘幽篁，一徑深曲，穿徑而南，官梅數十株，如椒如菽，或紅破白露，枝影扶疏。著屐蒼苔細石間，野興橫生，亟命駕登定王臺，亂湘流入麓山。湘雲低昂，湘波容與，興盡悲來，醉吟成調」（一一八六）云：

古城陰。有官梅幾許，紅萼未宜簪。池面冰膠，牆腰雪老，雲意還又沈沈。翠藤共、閒穿徑竹，漸笑語、驚起卧沙禽。野老林泉，故王臺榭，呼喚登臨。　南去北來何事，蕩湘雲楚水，目極傷心。朱户黏雞，金盤簇燕，空歎時序侵尋。記曾共、西樓雅集，想垂楊、還裊萬絲金。待得歸鞍到時，只怕春深。

蔣鹿潭〈一萼紅〉「清明前一日，偕周蓮伯散步城北。紅日已西，乃至虹橋；復買小舟過桃花庵蓮性寺，煙水淒然，遊人絕少，共泝洄者，漁船三兩而已」云：

趁春晴。步前汀未晚，舟小蹙波行。抱樹谿灣，眠沙石老，芳草隨意青青。乍驚起、閒鷗短夢，伴落日、三兩櫂歌聲。水曲豪箏，柳陰叢笛，那處重聽。　多少夕陽樓閣，倚闌杆不見，空見流鶯。螢苑星繁，虹橋月豔，還記玉輦曾經。自湖上、遊僊事杳，問桃花、又過幾清明。賸取淒煙楚雨，愁畫蕪城。

詞、序相較，除長沙與揚州時地不同外，雲水蒼茫之感，意趣實同。至格律平仄之間，稍有差異，亦算嚴謹。而鍊字方面，則與白石詞同，如：

「池面冰膠，牆腰雪老，雲意還又沈沈。」

「抱樹谿灣，眠沙石老，芳草隨意青青。」

一作「雪老」，一作「石老」；一用疊字「沈沈」，一用「青青」。

又同用「閒」字：「翠藤共、閒穿徑竹。」/「乍驚起、閒鷗短夢。」

又同用問句：「南去北來何事？」/「多少夕陽樓閣？」

又「侵尋」、「曾經」同用疊韵：「空歎時序侵尋。」/「還記玉輦曾經。」

考此調叶平韵者始見於《白石集》，與平韵〈滿江紅〉例同，雖《樂府雅詞》有北宋無名氏仄韵一首，亦可視作白石之自度曲。後兩序更可見一斑，蓋真深意於白石也。

〈角招〉小序云：「壬子正月，遊慈慧寺，舟穿梅花林，曲折數里而至。石峰陗碧，沙水明潔，佛樓藏松陰中，清涼説人。十年後，與郭堯卿復過其地，則夕烽不遠，寺門闃然閉，梅樹半摧為薪，存者亦蕉萃，如不欲花。堯卿謂白石正〈角招〉譜後，罕有和者，曷倚新聲，紀今日事？余既命筆硯，堯卿擊節而歌，蓋淒然不可卒聽也。」（一八五二）

〈琵琶仙〉自序云：「五湖之志久矣，羈紲江北，苦不得去。歲乙丑，偕婉君泛舟黃橋，望見煙水，益念鄉土，譜白石自度曲一章，以箜篌按之，婉君曾經喪亂，歌聲甚哀。」（一八六五）又此詞四聲悉依白石，僅首句「天際歸舟」之際字去聲與原作「雙槳來時」之槳字上聲不合。

白石有「千樹壓、西湖寒碧」一句，唱絕千古，鹿潭尤喜用「壓」字，唐圭璋嘗言之矣，並舉例如下：「壓春潮一船幽恨。」（〈掃花遊〉）「樹影滿地壓凍月。」（〈淒涼犯〉）「亂壓一湖深翠。」（〈瑤華〉）即詩稿中亦有「一角荒城壓亂流」句詠冬柳，與白石相較，亦無愧色焉。

《水雲樓詞》自行刪定，去取謹嚴，非務煩重，故可傳者多。惟間涉飣餖，便為濫調，學者慎之。如：

「三生杜牧，揚州夢覺，依舊天涯。」（〈青衫濕〉）

「一覺十年前夢，春風減、杜牧清狂。」（〈揚州慢〉）

斯為美中不足，故杜文瀾《憩園詞話》云：「惟稍務色澤，不免間涉飣餖耳。」朱孝臧手批《篋中詞》亦云：「顧其氣格駁而不純，比之蓮生差近之。」所論極是。至謝章鋌《賭棋山莊詞話》謂其短調能存古意，長調頗覺鬱晦；余以為此偏宕之論也。蓋《水雲樓詞》之見工力者，端在長調，雖短調能得五季神理，然視長調成就之不亞於南渡諸家，則倜乎遠矣。故余以為各有所長，斯為得之。

鹿潭亦有詩作，惟存稿不多，僅九十四首，見於金武祥《粟香室叢書》之《水雲樓賸稿》。人多比之杜陵詩史，余甚不以為然也。蓋鹿潭嘗謂：「吾能詩匪艱，特窮老盡氣，無以蘄勝於古人之外，作者眾矣，吾甯別取徑焉。」實為自知。亦蓮生所謂「余詞可與時賢角，詩不足存」之意也。詩詞貌同神異，襟袍不同，不宜妄附。

鹿潭存詩多近體，古體僅見於雜詠五首。以詞境入詩，佳句雖多，然佳作則鮮矣。集中多詠柳之作，凡八首，頗為傳頌，現錄〈冬柳〉第一首如下：

營門風勁冷悲笳。臨水堤空盡白沙。
淡日荒村猶繫馬，凍雲小苑欲棲鴉。
百端枯苑觀生事，一樹婆娑感歲華。
昔日青青今在否，江南回首已無家。

至頗負盛名之〈東臺雜詩〉十六首，讀之亦有如是而已之歎。或中歲摧燒淨盡，佳作蕩然，則未可知云矣。

【〈讀《水雲樓詞》〉，《五千年》第一期，臺北：國立臺灣師範大學，一九七二年六月，頁四四—四六。】

《經典釋文論稿》自序

陸德明《經典釋文》遍注儒道經典十四部，兼屬經學及訓詁之著作，博大精深，資料豐富。開篇〈序錄〉申明作意、條例、次第、注解傳述人及學術源流等，論述完整，文章可觀。正文三十篇諸經音義摘字為注，以條列方式，注音釋義，次述字詞、句法、方言、異文及訓釋大旨等，配合經典原文，依次注釋講解，謂之音義。唐代盛行音義著作，傳世者尚有玄應《一切經音義》、慧琳《一切經音義》、何超《晉書音義》、殷敬順《列子釋文》及宋代孫奭《孟子音義》等，因音辨義，皆為閱覽古籍之工具書，指示入門途徑。

《經典釋文》注釋反切讀音，說明個別字詞之讀音及意義，以至反覆出注，不厭其煩，用者固稱便焉。然僅條列資料，稍乏上文下理，過於孤立，失之零碎，檢讀不易，即讀者視之為字典，預設戒心，可能亦感枯燥，難以卒篇。傳統古典小學名著極多，如《爾雅》、《說文》、《釋名》、《廣韻》等，分屬文字音韻訓詁，各具專題，體系嚴密，博聞強記，自可增進知識，提升語文修養，好之者趣味盎然，似猶勝一籌。《釋文》訓解字詞，必須相互串連，配合經典例句，始能顯出意義，說明道理。《釋文》具有識字、審音、辨析詞義語法，以及解經功效，方之其他小學名著，亦見實用，惟必待耐心致志者，始克奏效。

本書輯錄研究《經典釋文》及相關論文，包括陸德明之經學思想、漢魏晉南北朝之經學典籍、音韻訓詁、多音字、句讀辨析、校勘異文等，凡十六篇，內容廣泛，分屬不同範疇，名之曰《經典釋文論稿》。

先是陸德明之經學思想、儒玄合流、南學思想、陸德明世系等。陸德明生於梁、陳之際，亦為隋、唐時代通儒，精研易學，長於講論，終身致力教育，包融道、釋二教，主導唐代人文思想之發展方向。陸德明歷仕四君，包括陳後主、隋煬帝、唐高祖、唐太宗，開物成務，為國育才，通於教化，均見器重。此外揭發王世充之虛假形象，嚴拒仕宦，生死懸於一線，展示儒者之識見，勇於承擔。所著《經典釋文》，辨析文字音義，校訂異文章句，整理經籍文獻，總結前賢著述。雖罕論微言大義、內聖外王，惟經行兼修，君臣相得，志節言說，亦足以見儒學之正軌。此外

《經典釋文》彙錄漢魏晉六朝各家眾說，篩選辨正，俾學者知所抉擇；吸納老、莊，使經學日新壯大；儒玄合流，符合唐代國情；《爾雅》入經，融貫漢學樸學；審音辨義，奠定國學根基。陸德明歷經世變，堅貞自持，效法孔子，述而不作。嚴守一家之學，表現自覺努力，實事求是，展現盛唐氣象，創立統一時代之學術規模，切於時用。孔子曰：「我欲載之空言，不如見之於行事之深切著明也。」垂範來世，顯示理性，精彩多姿，則陸德明之經學思想，自亦深具盛世特色者也。

次論《經典釋文》與漢魏晉六朝經學及遺籍。梁、陳政教相承，興衰各異。惟當時玄學衰替之象已呈，儒學復興之機在望；儒、玄合流為南學，入唐後再與北學融合，經學復歸統一。《經典釋文》之經學結構可分為兩漢經學、魏晉宋齊經學、近代梁陳經學三大板塊，書中引用資料極多，與〈序錄〉所記者互有增減，並不一致。又東晉及陳代亦為書音製作之高潮，東晉以蔡謨、范宣、李軌、劉昌宗、徐邈五家為主；陳代則有施乾、謝嶠、顧野王、沈重、戚衰、王元規六家；其中陸德明尤為大宗，審訂標準音，附刊經籍，影響後代科舉亦鉅。《經典釋文》乃徵引文獻與輯佚寶庫，包括經部總論類、諸經及相關著述、緯書、字書、史部、子部、集部、目錄類等，旁徵博引，貢獻至大。此外經學施諸倫常日用，則《經典釋文》亦為文化通識之重要教材。陸德明儒玄兼修，融會貫通，在儒家經學著述中大暢玄風，崇尚自然，融入教化之中，承先啟後，化性去偽，追求長治久安之道，論證嚴密。

其三專論聲韻。《經典釋文》語音資料豐富，或謂之《南切韻》，即金陵音系。本書以重紐及唇音為例，專論《釋文》之音韻特點。《釋文》重紐三等唇牙喉音切語下字多數自成一類，為紐（喻三）切語下字與重紐三等唇牙喉音切語下字完全一致，同屬一類，表現顎化介音 -j- 傾向。此外重紐三等唇牙喉音切語下字亦半與來日及知徹澄娘莊初床疏各紐切語下字相通，與二等韻聲母尤為密切，或仍保留上古介音 -r- 成分。至於重紐四等唇牙喉音切語下字多與舌齒音相通，並無例外。析而類之，《釋文》支、侵、質三韻重紐三四等切語下字不相通；而脂、真、仙、宵、鹽、緝六韻之唇牙喉音三等切語下字與舌齒音反切下字有條件相通，呈現往舌齒音過渡跡象；又祭、薛二韻或將泯除重紐區別，重紐三四等切語下字完成合流。《釋文》各類韻母合流遲速不同，顯示重紐三等介音各異：

首階段 -rj- → 次階段 -j- → 末階段 -i-

《釋文》重紐內容異於《切韻》，語音系統表現獨特。在輕唇十韻方面，陸德明必能嚴辨輕重唇，不相混淆，甚至訂正諸家舊讀重唇之誤。目前或可假定陸德明輕唇音之音值當屬塞擦音非〔pf-〕、敷〔pfʽ-〕、奉〔bv-〕，有時兼切重唇，聲勢相近。《釋文》非、敷二紐不相混淆，送氣、不送氣有別，擦音〔f-〕尚未出現。

其四專論音義。《經典釋文音義辭典》綜合資料，以字為單位，按部首編排。每字先列讀音，次列經籍例句，逐項說明，解釋各音詞性、意義及用法，期能準確掌握經籍文句原意及唐代語法規則。今以《康熙字典》「一部」之「丁」、「丈」、「三」、「上」、「下」、「不」、「丏」、「且」、「丕」、「世」、「丘」、「並」十二字為例，說明音義辭典之製作特色。

先秦時代以單音詞為主，魏晉以後複音詞漸多，學者多用音義分化手段解讀古籍。文字應用除本字本音，亦見一字多音、多音多義現象，派生構詞，表現形態變化，衍生不同解釋，錯綜複雜。今以《經典釋文》「分」、「別」、「離」、「去」四字為例，考察古籍訓詁及語言現象，理解經籍意義。此四字皆為動詞，意義相近，可以互為語素，構成複詞，例如分別、分離、離別、別離、離去、別去等，音義變化各具個性，各展特色，《釋文》以異音別義，注釋經典用例中之第二讀音，展現語法功能及意義區別，惜稍乏構成同組規律之音義特徵而已。此四字皆具離別意，或可一併考察。

方位詞固可視作名詞或名詞附類，惟與名詞語法略有不同。周法高嘗創方位詞說，以古漢語音變材料為據，主張獨立成類。《釋文》方位詞之音義結構，以區別名詞與動詞者最多，共十四字，按性質分為兩組。甲組「上」、「下」、「先」、「前」、「後」五字，屬詞性轉化；即方位詞讀如字平聲或上聲，轉化為動詞則與方位義有關，讀去聲。乙組「左（佐）」、「右（佑）」、「中」、「閒（間）」、「旁（傍）」、「北」、「內（納）」、「首」、「朝」九字，屬意義轉化，動詞改讀與方位引申義或趨向義無關，產生新義，即視之為詞義分化，亦無不可。《經典釋文》所見方位詞與動詞之音義區別，與一般名詞、動詞異讀區別之語法現象互有同異，或亦自成一類。上列十四字中，「先」、「後」、「朝」為時間詞，有時亦兼具方位義，「前」兼具時間義，《釋文》方位詞包括時間詞，亦宜合而論之。

《釋文》「樂」字三音，意義複雜。自古及今，「樂」字或已經歷曲折劇烈之音變過程，變化特多。中古「樂」字兩讀皆為入聲，一讀五角切，疑紐覺韻，開口二等；一讀盧各切，來紐鐸韻，開口一等。兩讀雖有別義作用而意義相關，殆非一般名詞與動詞之音變現象。據古人「樂樂」連用，大抵上古早期「樂」字原本只有複輔音 *ŋl- 一讀，古韻在入聲藥部。戰國以後，「樂」字複輔音分途發展，「樂樂」分化為兩字，「音樂」之「樂」-l- 轉化為同部位舌尖流音 -r-，相當於二等韻介音，中古介音消失，並使元音產生音變轉入覺韻，即為首音；「悅樂」之「樂」由於疑紐 -ŋ- 弱化甚至消失，-l- 發展為來紐，中古轉入一等鐸韻，則為次音。上古音樂、悅樂同讀複輔音 *ŋl-，有大量經典例句可供證明；非複輔音說則難以解釋「樂」字分化為中古疑紐 ŋ- 及來紐 l- 兩讀之軌跡。晉宋以後，「樂」字又分化出又音去聲五教切一音，當時語言去入調值相近，或輔音韻尾弱化及消失所致。【當代三讀，國音為 yuè、lè、yào，粵音為 ŋɔk^{9}（低入）、lɔk^{9}（低入）、ŋau^{6}（低去）】

其五專論《論語音義》。《經典釋文》有「絕句」一體，旨在辨析句讀，牽涉版本、語法、讀音、詞語不同，及學者之理解差異。《論語音義》所見「絕句」共十句，細分則有十一例，其中以句子結構不同而句讀各異者最多，佔五例；其次區別分句和詞組者兩例，亦屬句子結構；其次助詞兩例、詞語一例、版本一例，多以探討語法問題為主。

又陸德明與朱熹《論語》讀音異同比較七十二例。朱熹《論語集注》十卷多承用陸德明《經典釋文》之讀音訓詁，有所訂正，互見同異，考察唐宋讀音演變軌跡，揭示經典讀音之結構體系，由雜亂紛繁而漸趨穩定。陸、朱讀音比較分三部分：其一陸朱同音者約佔五分之四以上，選講「弟」、「見」、「曾」、「惡」、「夏」、「辟」、「莫」、「殆」、「殿」、「摯」、「躩」、「雖」十二例。其二陸朱異讀者因音義理解不同，其中「行」、「王」、「文」、「語」、「從」、「為」、「與」、「比」、「樂」、「識」、「舍」、「喪」、「參」、「辟」、「共」、「洒」、「穀」、「食」、「己」、「已」十九例均屬常見多音字，易於判斷。其餘或因朱熹修訂陸德明的誤讀，如「麑」讀米傒反、「憮」音呼；或因語音變異，朱熹非敷不分，如「斐」音匪；盍合不分，如「盍」音合；全濁聲母消失，如「鞹」讀其郭反；全濁上聲變去，如「荷」讀去聲。此外「脛」讀其定反、「騧」讀烏瓜反二例或屬朱熹誤讀及新增俗音等，約得二十七例。其三陸德明兩讀，朱熹選取一讀者三十三例。朱熹選音多依《釋文》首音，反切用字亦不改動；或取又音，表示經義理解不同。或《廣韻》只標一讀，例如「輗」、「饐」、「盼」、「忮」、「棣」、「恂」、「袵」、「叩」等，而陸德明摘錄諸家舊音、古方言等，增多異讀，未必有別義作用，朱熹刪去又音，僅標示通行讀音，簡明清暢，更顯實用。

其六《釋文》材料。孫詒讓《周禮正義》引用《釋文》材料亦多，涉及版本校勘、傳授源流、文字通假、字詞訓詁、音訓釋義等各項，此乃《釋文》研究之新視角，可供探索。

《經典釋文》互見材料亦可供內校，訂正訛字，共七十九例。其中「紂」、「遯」、「牡」、「沼」、「柱」、「臯」、「匕」、「引」、「選」、「軫」、「漱」、「斂」、「過」、「恐」、「壽」十五例屬上、去聲問題，多與全濁聲母上聲讀去有關，或為宋人所改，《釋文》原本必不誤也。或牽涉音義關係者，亦堪注意。次為「于」、「於」二紐字互換，計有「瑗」、「厭」、「宛」、「委」、「臑」、「緼」、「援」、「偃」八例。又「方」、「芳」二紐字互換，計有「不」、「篚」、「諷」、「棐」、「仆」、「紡」、「祓」、「芾」八例。前者喻（于）紐及影紐區別清楚，今兩讀混淆，或因方言使然，如粵語誤讀即兩音無別也。後者聲紐本亦非、敷有別，今音則全同；或亦與字形訛誤有關。其他「狩」、「瞍」、「少」、

「濯」、「深」、「辨」、「劙」、「讙」、「鞄」、「卷」、「饌」、「祁」、「氾」、「遁」、「臻」、「夾」、「黍」、「茭」十八例，頗為分散，一般以形誤為主，或亦牽涉聲韻問題者也。

以上重點六項，大抵反映《經典釋文》之具體內容及基本面貌，其他尚待深入研究。《經典釋文論稿》輯錄單篇論文十六篇，多在研討會宣讀及發表於學報期刊，不成體系。諸文撰作之時間不一，前後相距約三十年，難免重出、反覆論述，稍嫌累贅。至於前後矛盾、掛一漏萬之處，殆亦難免，尚望讀者指正。二〇一七年十二月二十八日序於香港，黃坤堯稿。

啟功《蘭竹圖》

啟功（一九一二—二〇〇五）教授以詩書畫名家，造詣精湛，表現超逸。尤精於鑒別碑帖及書畫，出入故宮之中，縱橫湖海之內，閱歷廣泛，題詠殆遍。華夏街道招牌、單位匾額、書刊封面、詩文信札等，尤多啟功手筆，時復相遇。大抵結體於歐柳，運以二王筆法，外柔內剛，行雲流水，清新脱俗，儒雅醇厚，揮灑自如，風格獨特，世稱「啟功體」，往往亦為印刷字體。此外拍賣行所見啟老作品，價值不菲，聲騰中外，深受歡迎。

一九八二年三月暮春，啟功涖港講學，入住中文大學賓館。嘗於晚餐後示範書法寫作。余時為研究生，侍立在側，而啟老運筆行氣，先寫《蘭竹圖》一幅，右邊竹葉三叢，左旁蘭草數株倚傍頑石，皴染托墨，約費二十分鐘，即完成畫作，謂之試筆，然後徵詢同學擬得此畫者，余聞之舉手，啟老即題寫名字，甚至加一「兄」字，抬舉晚輩，愧不敢當。又於蘭竹之間橫寫大字「歲在壬戌」，小字「香江客次」，以紀時地。前面蓋「啟功」印，後面補兩枚小印，分別為「啟功私印」及「元伯」。當時啟老所用皆為竹印，輕巧方便。余喜獲至寶，允稱奇遇。或啟老說北京話，捲舌音多，其他同學反應稍慢，未及舉手要畫。其後啟老揮毫寫字，座中皆有所獲。啟老遠望恍似笑佛，有求必應，眾生大悅，學子開懷。

其後常宗豪（一九三七—二〇一〇）教授邀約啟老遊覽海洋公園，余亦得以隨車出發，親近左右。坐吊車，觀海豚，復於山上閒逛，消遣光陰，惠風晴日，應接不暇。

某夜復偕啟老赴尖沙咀頂好酒樓晚宴，黃昏有暇，先往彌敦道中華書局參觀書畫展售。啟老繞場一匝，檢閱若干作品，特意推薦顧蒓（一七六五—一八三二）楷書楹聯。「豈有文章妨要務，偶無公事負朝暄。」上題「集宋人句為砥莽老友屬書，顧蒓。」上聯蓋「辛卯歲作」、「仁壽研齋」二印，下聯落款則有「顧蒓私印」及「吳鬻」二枚。「吳鬻」即「吳羹」，「羹」通作「鬻」，見於金文大篆。按顧蒓，字希翰，一字吳羹，號南雅，晚號息廬，江蘇吳縣人。官至通政司副使，正直不阿。著《南雅詩文鈔》。此聯撰於道光十一年辛卯（一八三一），先於作者逝世前一年，自屬珍貴文物。意謂享受文章閒逸，解除公事煩擾，悅目賞心，得大自在。

一九八二年三月廿九日，啟老離港之際，余撰〈清平樂〉二闋送行，其一「壬戌奉呈啟功元白詞丈」，詞云：

白山黑水。幾度風雲起。唐宋元明都已矣。雪掩五陵佳氣。
延秋門上消魂。憑闌幾換乾坤。未與少陵同調，香江喜謁王孫。

其二「啟功蒞港講學，以蘭竹試筆，隨手錫贈」，詞云：

顛書吳畫。未足稱儒雅。千古風流王與謝。端是舊家聲價。
幾株蘭竹幽花。煩君種植江涯。清淚臨歧似酒，明年合醉京華。

其一寫清朝祖輩崛起於東北長白山、黑龍江之間，繼承唐宋元明王朝正統地位。「雪掩五陵佳氣」，意謂改朝換代，而啟老乃愛新覺羅王孫後裔，出身高貴，聲譽顯赫，自非杜甫延秋門上所遇之〈哀王孫〉可比矣。有緣在港相聚，喜出望外。

其二寫啟老贈畫，其藝術成就足以媲美張顛書法及吳道子畫作，上承王謝子弟之風流雅韻，下臨香江蠻海之藝術庭園，蜚聲國際，植根花葉。期望稍後再訪先生，樂聚京華。

滄海樓藏名家刻印

劉景堂（一八八七—一九六三），或作景棠，字韶生，號伯端，別署守璞、璞翁等，多以伯端一名行世。廣東番禺人。劉伯端生於韶關，早歲讀書於肇慶端溪書院、廣州城北教忠學堂。光緒三十四年（一九〇八）任職廣東提學使司署之學務公所。宣統元年（一九〇九）隨父宦遊南京，翌年以父卒扶柩歸粵。宣統三年（一九一一）黃花崗事起後移家香港，初佐俞安鼎（叔文）設塾教讀，其後任華民署文案。時局變幻，李尹桑刻贈「**笙歌清夢詞館**」諸印，師實刻「**景棠長壽**」，虞民為刻「**豈若含忍退讓**」，而鄧爾雅則刻「**未生身處一侖明**」、「**遇竟忘是大還**」四枚。民國九年（一九二〇），劉伯端《心影詞》出版，僅錄丙辰、丁巳、戊午三年（一九一六—一九一八）的詞作，早年詩詞刪汰甚多。抗戰期間，香港淪陷，劉伯端經澳門小住遠赴桂平，戰後回港。一九五〇年與廖恩燾共創堅社，社址設於堅尼地道廿五號，即何香凝故宅。晚年著《滄海樓詞》，語淺情深，婉約渾成，公認為香港詞家翹楚。

劉伯端遺物中藏清末民初名家刻印一批，分屬十位印人，共十九件（六對）作品。

一、李尹桑（一八八〇—一九四五），原名茗柯，號壺甫、秦齋、鉢齋。番禺人。師承黃牧甫。嘗與易大厂（一八七四—一九四一）、鄧爾雅（一八八四—一九五四）等組濠上印學社。贈劉伯端印兩件。

〔**劉印景棠，伯端**〕（一對）。茗柯刻為伯端仁兄正，己酉（一九〇九）八月，茗柯製。

〔**笙歌清夢詞館**〕。癸丑（一九一三）六月，茗柯刻為笙歌清夢詞館主人正。

二、師實。事蹟不詳。贈劉伯端印兩件。

〔**景棠長壽**〕。法漢印以光潔勝者，近人唯趙益甫（之謙，一八二九—一八八四）能之，今師其意，刻奉伯端先生。庚戌（一九一〇）歲莫，師實。

〔**劉**〕。伯端姓印，實。

三、虞民。事蹟不詳。贈劉伯端印一件。

〔豈若含忍退讓〕。辛亥（一九一一）孟夏，大雨連旬，道路浸阻，不能出戶，刻此以消永晝。四月晦日，虞民篆于息影蓬廬。邊款題云：「仁者如射，不怨勝己；橫逆待我，自反而已。夫子不切齒於桓魋之害，孟子不芥蒂於臧倉之毀。人欲萬端，難滅天理，彼以其暴，我以吾仁，齒剛易毀，舌柔獨存，強庶而行，求仁莫近。克己為仁，請服斯訓。噫，可不忍與。豈若含忍退讓。王文成語，仿水晶宮法。」【王守仁，一四七二—一五二九】

四、鄧溥（一八八四—一九五四），又名萬歲，字季雨，號爾雅。東莞人。為名儒鄧蓉鏡第四子，少受庭訓。嘗留學日本習美術。回國後主持南社廣東分社社務。著《綠綺園詩集》。贈劉伯端印四件。

〔郤采蘋花不自由〕。伯端先生為余題《鄧齋摹印圖》，刻此報之。癸丑（一九一三）八月，爾雅。

〔有人似舊曲桃根桃葉〕。伯端詞長屬刻白石詞句。癸丑九日，爾雅。

〔未生身處一侖明〕。伯端屬，爾雅作。庚申（一九二〇）九月。

〔遇竟忘是大還〕。伯端屬，爾雅。

五、馮漢（一八七五—一九五〇），字師韓，號鄧齋。鶴山人。香港皇仁書院畢業，考入天津北洋工學院。甲午中日戰起，任山海關後隊電報領班。回港任香港民政局一等翻譯及電影檢查官。嘗辦香江女子書畫學校。贈劉伯端印三件。

〔眾芳蕪穢〕。甲寅（一九一四）三月廿二，師韓採《離騷經》語，刻于鄧齋。

〔笙歌清夢詞館，似曾相識燕歸來〕（一對）。師韓為伯端作。

〔侯官〕。葭管飛灰懷舊侶，中原回首倍潸然。已消萬劫難逃酒，未了餘生且學僊。滄海月明唯見雁，故山華落不知年。閒看潮汐空朝暮，世事難平莫問天。師韓刻贈伯端，並錄其舊作于此。

案：邊款所刻乃劉伯端佚詩。又另端彭侶續刻〔滄海樓〕於後。

六、胡毅（一八八二—一九五七），字毅生，號隋齋。胡漢民從弟，遊學日本，參與辛亥革命。晚居臺灣。著《絕塵想室詩草》、《香脾集》、《隋齋印存》等。贈劉伯端印兩件。

〔心影詞人〕。**暮雲千里悵釵鈿。殘月三星欲曙天。解道詞人腸斷語，未容意境寂如禪。**讀《心影詞》，刻似伯端先生兩正。隋齋。

案：邊款所刻詩亦載集中，一九二五年作。

〔**伯端詞翰**〕。毅生。

七、黃高年（一九〇一—？），字彭侶，齋堂為印林。新會人。中歲旅食津門，治印通於書畫，兼具凝練遒勁及氣韻生動之妙。著《治印管見錄》、《刻竹瑣言》、《黃高年藏古印》。一九五〇年庚寅，馮康侯嘗為刻「黃高年詩書畫」、「彭侶五十後作」、「黃彭侶五十歲以後作」諸印。贈劉伯端印兩件。

〔**劉景堂，伯端**〕（一對）。鄭棟材贈伯端先生，彭侶。

案：一九四六年，劉伯端嘗為鄭棟材（一九一七—二〇〇一）撰對聯兩幅。贈印治印當屬同一年。

〔**滄海樓**〕。刻於馮漢〔侯官〕印另端。

八、馮彊（一九〇一——一九八三），字康侯，番禺人。深於藝事。晚年主講香港聯合書院等。著《馮康侯書畫印集》。贈劉伯端印兩件。

〔**滄海樓**〕。伯端先生正篆。己丑（一九四九）十月康侯刻于香江。

〔**前度劉郎，伯端**〕（一對）。伯端詞丈清玩，少漢敬贈。丙申（一九五六）十月馮康侯刻。

案：陳少漢（？——一九七七），南海人。廣州嶺南大畢業。來港從商，晚耽吟詠，從劉伯端學詞。

九、盧鼎（一九〇四——一九七九），又名夑坤，字鼎公。東莞人。畢生從事教育，尤耽藝苑，善書畫金石。著《燕歸館詞》、《學詩偶得》、《鼎公畫論》、《書畫篆刻雜談》、《帖考》等。贈劉伯端印一件，體積小巧。

〔劉、伯端，劉、融〕（一對四面）。伯端先生，壬辰（一九五二）四月，鼎公。

十、林千石（一九一八—一九九〇），原名載，字千石，號印禪。鶴山人。盧鼎公弟子，擅書畫篆刻。一九四九年移家香江，或棲遲於檳城、星洲之間。其書師法李邕，故以「北海書空」顏其室。一九五七年刊《林千石印集》，行刀樸茂，淵雅古遒。一九七〇年移居溫哥華、多倫多。贈劉伯端印一件。

〔伯端止鉥，璞翁〕（一對）。璞翁正篆，千石印禪。癸巳（一九五三）印禪。

【《滄海樓藏名家刻印》，《書藝》卷二（廣州：嶺南美術出版社，一九九九年十月），頁一二八—一三一。】

貳

《清懷聯語》

甲子聯

海晏河清，生民共樂，六十循環新甲子；
冰消雪解，冢嶽重光，八千雲月望中原。

（一九八四）

松山聯贈蔚雄、玉芬伉儷

玉塔蒼松，靄靄雲霞炳蔚；
雄雞曉日，泠泠山海清芬。

揭陽縣石牌鄉蔡氏南門祠堂容達聯

容顏肅重，日月清揚，俎豆馨香昭祖德；
達道康莊，田疇廣袤，魚龍潛躍振南門。

奉贈高琨校長

光纖流采；
湖海長情。

挽李棪教授

老去填詩，南國紅情，五韻悲聲哭絳帳；
卒而喜易，東林孤憤，千秋鴻業仰先生。

（一九〇七—一九九六）

挽蘇文擢教授

學海傳燈，詩教昭昭光日月；
明心見性，神魂漠漠守田園。

（一九二一—一九九七）

挽蘇文擢教授聯・代中國文化研究所作

明道正心，挽狂瀾於既倒；
清風朗月，扶大駕以言歸。

奉贈李卓予院長

卓識宣猷，黌府園林申氣象；
予懷漫溯，科研生化譜新編。

挽孔仲溫教授

環境染污，煙囪直冒衝宵漢；
天心塗毒，滄海橫流失弟兄。

（一九五六——二〇〇〇）

五月廿一日幼妹影婷出閣，代姊妹團考新郎作

影花燦照；
婷月方圓。

（二〇〇〇）

奉賀影婷六妹、永康妹婿花月圓照，琴瑟和鳴

影花五月紅，嬌蕊深燈良夜永；
婷月中天麗，玉山仙桂百年康。

小甥林千岳席中求句，書奉澳門行政法務司陳麗敏司長

麗日光風，千禧盛世開新紀；
敏思明德，一片冰心映鏡湖。

贈連山植成勛科長暨夫人美勤伉儷

成材為美；
勛業由勤。

贈連山陸如璧老先生、陸上帥局長

如德辛郎，上饒樂學安田宅；
璧完趙寶，帥氣持心大丈夫。

辛棄疾晚年隱居江西上饒帶湖，上饒或亦可寓見饒於時之意。《孟子．公孫丑上》云：「不得於心，勿求於氣，可；不得於言，勿求於心，不可。夫志，氣之帥也；氣，體之充也。夫志至焉，氣次焉；故曰：持其志，無暴其氣。」

清遠銀盞溫泉應麗卿經理求聯

麗質銀泉夢；
卿雲清遠情。

清遠銀盞溫泉應顯珠經理求聯

清思雲物顯；
銀影夜光珠。

辛巳春聯

辛新草樹春光煥，
巳起魚龍碧海吟。

林佐瀚先生主懷安息

熒屏煮字，文教風流，豈無聖寵寬三赦；
莎劇增華，詞人采色，合有詩聲動九泉。

（一九三四——二〇〇一）

隨園小館杏花村分店

隨園風味迎佳客；
小館人家醉杏花。

中國文化研究所擬濠上聯三首

濠上有魚觀自在；
天心忘我照空明。

其二

四合院張開世界；
五車書養飫精神。

其三

花鳥總無私，且看文明日進；
江山如有待，相期俊彥雲來。

壬午春聯

壬懷化育天心健；
午馬奔騰意氣雄。

西方寺法堂

三疊潭清，見照天台淨土；
六根性熟，共參般若菩提。

西方寺藏經樓二首

日暖風和，妙法廣被無量義；
目明心淨，蓮華普渡有緣人。

其二

再上層樓，止水觀空新氣象；
願聞至道，窮神知化大光明。

癸未春聯

癸序春回安社稷；
未交鴻運激雲雷。

沙田廣場

沙田廣廈金銀華寶；
萬佛祥光福壽康寧。

沙田廣場有金星閣、銀星閣、華星閣、寶星閣四座。

九龍寨城龍津亭

龍見海雲延宋脈；
津回春水入桃源。

（二〇〇三）

邀山樓

招手獅峰近；
澄懷秋月高。

馬鞍山公園

鞍山曉日凌高廈；
仙嶺祥雲濯翠波。

港灣道公園二首

港秀波添千載夢；
灣深風靜一園春。

其二

金粉樓臺迷海夜；
澄鮮風日媚江天。

臺北內湖聚好雅茶室

聚好欽風雅；
清香邁古今。

甲申春聯

甲第連雲春爛漫；
申猴賀歲日精靈。

乙酉春聯二首

乙回玄鳥韶光媚；
酉聚沂賢春服成。

其二

乙燕翩飛宅后土；
酉雞傳唱震桃都。

聯合苑三十年

聯燕重尋，卅載風光迷勝苑；
合歡佳會，八仙雲海育高才。

（二〇〇五）

丙戌春聯

丙耀光華魚躍水，
戌臨大地犬迎春。

挽文幸福母太夫人

寶婺星沈，孝思弗匱；
梵宮靈駕，仙樂微聞。

處女泉

處身碧綠玄黃，彩繪河山，天地一時鍾瀵水；
女德幽閑淑善，功涵文武，聖明三代浴神泉。

處女泉原名東鯉瀵，在陝西合陽縣黃河邊上，鄰近關睢洲。相傳夏禹母、商湯妃、周文王母太任、周文王妃太姒均為有莘國人，洽川有「四聖母廟」。惟史載太任實為摯國女，姓任，乃殷王朝東方諸侯，疑非有莘國人。依鶴頂格及魁斗格。（二〇〇六）

丁亥春聯

丁時合展長風願；
亥始新翻大地春。

中國文化研究所四十周年

四合玲瓏影；
十方今古情。

Deep within the courtyard, past and present merge,
Inspired by tranquil beauty, thought and passion surge.

（二〇〇七）

戊子春聯二首

戊扶貞幹凝佳氣；
子始繁花進太平。

其二

戊為本也知人矣；
子曰學而時習之。

《論言．學而》云：「君子務本，本立而道生。孝弟也者，其為人之本與。」

己丑春聯

己宮守正沖宵漢；
丑手摩天摘斗牛。

《說文》云：「己，中宮也，象萬物辟藏詘形也。己承戊，象人腹。」又云：「丑，紐也，十二月萬物動用事，象手之形。時加丑，亦舉手時也。」

泰州革命歷史紀念館

白馬整軍威，千尋滄海連雄艦；
黃橋開畫卷，萬里長江入壯圖。

庚寅春聯三首

庚陽曉接明夷歲；
寅虎精修大有年。

《易經》大有卦彖曰：「大有柔得尊位，大中而上下應之曰大有。其德剛健而文明，應乎天而時行，是以元亨。」（第十四卦乾下離上）明夷卦彖曰：「明入地中明夷，內文明而外柔順，以蒙大難，文王以之。利艱貞，晦其明也，內難而能正其志，箕子以之。」（第三十六卦離下坤上）黃宗羲著《明夷待訪錄》，若有所見。

其二

庚更秀萼花光膩；

寅演津流春水綿。

《禮記・月令》云：「其日庚辛。」注曰：「庚之言更也，辛之言新也。日之行秋，西從白道，成熟萬物，月為之佐，萬物皆肅然改更，秀實新成，又因以為日名焉。」《釋名》曰：「寅，演也，演生物也。」《晉書・樂志》曰：「正月之辰謂之寅。寅，津也，謂物之津塗。」蓋出夏曆建寅之說。

其三

庚一葦江湖，風清月白；

寅千秋事業，海闊天空。

《禮記・月令注》曰：「庚之言更也。」《釋名》曰：「寅，演也，演生物也。」屈原〈離騷〉：「攝提貞于孟陬兮，惟庚寅吾以降。」蘇軾〈前赤壁賦〉：「縱一葦之所如，凌萬頃之茫然。」

挽李俠文聯，代文物館作

際會風雲，堂堂筆陣，世紀大公聆讜論；
飲明煙雨，漠漠樓臺，江山淡彩挹仙蹤。

（一九一四——二〇一〇）

挽李俠文聯，代陳方正所長作

翰墨風流，勝地有情留畫卷；
社評喉舌，哲人其萎哭先生。

賀張煊昌博士太平洋保險五十周年，代聯合書院作

太平樂助尊明德，
保業長懷互利心。

代作賀靜文、耀邦新婚

靜女淑嫻增世耀，
文華璀璨振家邦。

辛卯春聯

辛夷旖旎花枝俏；
卯酒縈迴天地春。

聯合書院五十五周年院慶

聯成一氣，堅道新民，五五韶華丁運會；
合作同心，沙田明德，莘莘學子得英才。

（二〇一一）

清華大學百年校慶

清暉千仞翠，
華國百年心。

劉遵義校長榮休

經世瞻長策，
全人樹典型。

文物館四十周年二首

文教匯長河，不惑年光凝氣象；
物華參造化，緣情草木悟神明。

其二

文華參化育，
物色悟神明。

挽陳學霖教授

金宋元明，歷史精微思往哲；
文章德澤，海天弔唁隔重洋。

（一九三八——二〇一一）

奉賀崇基書院六十周年院慶

崇文天地闊，花甲欣逢霑化雨；
基建海山蒼，青春長葆矢同心。

奉贈沈祖堯校長二首

祖德華陀醫世道，
堯臨中大正人心。

其二

醫法科研參祖述，
人文化育識堯心。

識，音誌。

香港中文大學中文系五十周年

中和依正道，
文質煥貞徽。

Balanced And In Peace, True To The Path Of The Righteous Way,
Plain And Adorned, The Shining Banner Of Integrity.

中大五十週年英文口號 Embrace our Culture, Empower our Future.

（二〇一一）

壬辰春聯

壬懷大地風雷動，
辰躍重淵氣象新。

博雅齋

博覽明心，古道徐行登聖域；
雅懷幽夢，夙緣欣遇漱芳齋。

志遠堂

志學天人，世事洞明凌絕頂；
遠瞻河嶽，芳洲晴翠入華堂。

癸巳春聯

癸度四方行正道，
巳懷三畏獻蕪辭。

《論語．季氏》云：「君子有三畏：畏天命，畏大人，畏聖人之言。」

甲午春聯二首

甲第連城春浩蕩，
午雲釀雪月分明。

其二

甲胄凌雲抒壯氣，
午駒騰日叶修平。

挽陳江獻珠夫人

字字珠璣，天上人間留味永；
親親淑善，師緣友道仰芳華。

（一九二六—二〇一四）

奉賀新亞書院六十五周年院慶

新翠清光，枝繁葉茂，六五華辰興絕學；
亞洲鴻業，美雨歐風，三千化善見精神。

乙未春聯二首

乙回大地春雲潤，
未倚中天正氣揚。

其二

乙燕迴旋思質豔，
未羊寬厚兆禎祥。

質，正也。

丙申春聯

丙炳物華開盛世，
申伸人健沐清光。

《說文》：「丙，位南方，萬物成炳然。」炳亦訓照耀、光明。《廣雅·釋詁》：「申，伸也。」訓伸張、舒展。

晉朋、美婷同心好合

美眷良緣，歡諧秦晉；
婷雲祥日，樂聚親朋。

（二〇一六）

丁酉春聯

丁翻柳陌春心動，
酉喚桃雞天下聽。

中國文化研究所五十周年

文星拱照洪荒地，
學海芳妍五十年。

A beacon of culture that lit up a wastland;
A fountain of learning to grace this half century.

（二〇一七）

戊戌年禧，寰宇清芬

戊守中宮花木壯，
戌參陽氣海山清。

《說文》：「戊，中宮也。」五行屬土。戌亦屬土。《漢書．律曆志上》稱太極元氣，「行於十二辰，始動於子，又參之於戌。此陰陽合德，氣鐘於子，化生萬物者也。」

己亥春聯二首

己德修明尊歲序，
亥豬康泰悅春光。

其二

三豕過河，己德修明尊歲序；
東脩向道，亥豬康泰悅春光。

僧格林沁王府聯

兵法精微，科爾沁旗誇虎將；
民風強悍，通遼王府亞龍樓。

（一八一一——一八六五）

僧王祠門聯

僧敲月下門猶古，
王坐麾前氣尚雄。

垂花門聯

垂簷珠翠穿簾幕，
花樹金輝煥柱門。

無錫錢氏聯

無錫錫山山無錫，
多錢錢氏氏多錢。

無錫錢氏名人尤多。

無錫才女聯

無錫錫山山無錫，
多才才女女多才。

庚子春聯三首

庚鳴曉岸春波淥，
子兆豐年日曜紅。

其二

庚金由義千川淨，
子鼠通靈百代端。

其三

庚金由義，大好時年迎海日；
子鼠通靈，多情花鳥渡江春。

庚，五行屬金，五常為義。《詩・小雅・由庚》序：「由庚，萬物得由其道也。」

辛丑春聯二首

辛夷花雪卿雲現，
丑正陽春大道通。

其二

辛韭清香淨寰宇，
丑牛健步躍關河。

壬寅春聯三首

壬懷天地山河壯，
寅化津塗草木欣。

《晉書・樂志》：「寅者，津也。謂生物之津塗也。」

其二

壬龍氣盛千山雨，
寅虎風威萬獸王。

其三

壬胞物與，春光普照迎千瑞；
寅嘯風生，福虎威臨鎮百邪。

聯合書院王香生院長履新

傳勳香烈，
承業生輝。

潮福酒樓

潮正帆懸邀遠客，
福臨酒洌識英雄。

癸卯春聯二首

癸度天心龍德正，
卯臨玉兔鳳池春。

其二

癸曰昭陽，萬彙萌芽衡水土；
卯回新歲，千姿脫兔悅平安。

甲辰春聯二首

甲歲和平依厚德，
辰龍風雨躍中天。

其二

甲木萌生，鳳翥灣區凝紫氣；
辰星浮動，龍騰海角駐春雲。

叁

《古木幽巖》

樹古多依水，巖低盡照沙。心畬。

古木幽巖

坤堯先生屬題。臺靜農書。龍坡丈室。

西山點染虬髯客，無比豪情聚筆端。
正聽蕭蕭寒雨歇，渾然大澤已龍蟠。

戊辰歲秋，龍眠雨盦汪中。

坤堯賢棣遠寄此卷，遂書小詩。時戊辰初冬，雨盦。（一九八八）

古木幽巖淺水邊。萋萋芳草自年年。
王孫日遠心香冷，寒玉堂詩孰與箋。（其一）
詩人無訴自綢繆。卻借丹青陶百憂。
已過中年屏哀樂，獨尋幽夢臥林丘。（其二）

心畬山水畫為坤堯道兄題。丙寅陽月，墨齋。（一九八六）

附：溥心畬古木幽巖小卷為黃坤堯題

古木幽巖淺水邊。萋萋芳草自年年。
王孫去後心香燼，寒玉堂詩孰與箋。（其一）

先生自書《寒玉堂詩集》近年在臺北影印出版。

儒爰身世不相侔。繪事同時據上游。
一傲江湖一丘壑，才名風節各千秋。（其二）

儒，心畬；爰，大千。

丙寅中元，墨齋。

古松槎枒枝出群。紅樹雜遝山嶙峋。
就中岩石如幽人。藤蘿水墨漫不分。
一卷能吐蟠胸雲。黃郎讀畫開清樽。
倏然置我丘壑尊。人間是處桃花源。
化工妙手誰與論。吁嗟前代之王孫。

注云：「於酒樓席上出示。」【瓊華酒樓】

心畬先生古木幽巖圖。坤堯仁弟屬題，戊辰重九，文擢。

不盡江山次第成。連綿煙樹幾峰生。
王孫自有驕人處，尺幅縑緗氣韻清。

心畬先生古木幽巖圖。戊辰秋月，顧植槐題奉坤堯先生雅正。

原是天潢冑。散作丹青手。
繪成雲錦圖，邱壑盤胸久。
松枝通猿路，鬱律龍蛇走。
人間豈易得，喜為君所有。
珍瑰殊悅目，此樂真不朽。

坤堯屬題心畬大師古木幽巖圖。己巳仲夏，陳新雄。（一九八九）

王孫千載士，憂憤託丹青。
猿鶴寧無意，魑魅亦有經。
雪飛憐皎潔，木槁恨飄零。
庾謝不能作，孤懷浮斗星。（其一）

誰移西嶺松。空際起虯龍。
要作知時雨，來舒倦夜容。
重崖石偃蹇，幽澗草蒙茸。
一杖尋雲去，山深何處蹤。（其二）

題坤堯所藏心畬先生古木幽巖圖二首。沈秋雄。（丙子，一九九六）

王孫有作世同珍。望重無勞辯偽真。
滿紙名流題詠在，吾從法眼不從人。

古木幽巖圖。羅尚。（丙子臺北停雲雅集）

怪底堂中煙靄生。王孫點染畫圖明。
閒來偶傍幽巖坐，恍聽松濤作雨聲。

題古木幽巖圖，圖為溥心畬大師所畫。張夢機。

深山絕壑不知年。古樹龍盤接昊天。
詩家染就丹青筆，漫向雲煙寫大千。

題古木幽巖圖。邱燮友。

二樹仰首與天齊，二樹夭矯低俯水。
樹底巖石紛嵯峨，藤糾蘿纏散成綺。
何人闢此桃源境，幽寂真可沁心髓。
西山逸士故王孫，不披金紫披葛藟。
心空六鑿恣天遊，腕底松風謖謖起。
燈前坐對渺予懷，待策杖藜呼山鬼。

題溥心畬古木幽巖圖。陳文華。

落落文章不染塵。丹青妙手更無倫。
豪情都寄松巖跡，鳳逸龍蟠韻致神。（其一）
屈蟠古木勢排雲。錯落幽巖陣布軍。
避世王孫真氣象，黃生寶卷示斯文。（其二）

題溥心畬古木幽巖圖。文幸福。

誤作龍孫七廟摧。西山隱遁伴芳梅。
自擬寒玉名詩集，潛向舊宮達藝材。
羅染煙霞想氣象，灑揮雲樹覆崔嵬。
倏然韻氣移人意，尺幅雲圖照眼開。

題溥氏古木幽巖圖。杜松柏。

青龍盤亙石巖巖。蚪曲千般戲薄嵐。
虧得方家施妙手，瑤池仙種下塵凡。

題溥心畬古木幽巖圖。陳滿銘。

賞折幽巖古木稀。停雲漫卷倍依依。
洋澄秋蟹花雕奉，破夢王孫歸不歸。

附識并書停雲七子古木幽巖圖感賦。東官陳士恒。

風瓢已棄幽巖寂。古木槎枒發秋碧。
曾臨斯境祇流雲，蒼蒼長含太古色。
王孫有情高接天，心眼分明收歷歷。
點染隨宜運意奇，樹底巖邊如見許由跡。
身與古為徒，覽古不曾隔。
莫嗟作者翛然作古人，披圖何異見之在咫尺。

己卯李鴻烈為黃坤堯賦題。
溥心畬畫古木幽巖圖，曉明書。（一九九九）

古木參天，平沙麗水。幽巖處處清如洗。彩霞縹緲夕陽斜，憑誰寫在縑緗裏。　酒後豪情，硯前雅意，倚闌倍覺秋光美。披圖乍憶舊王孫，長吟夜半涼風起。

調寄〈踏莎行〉題溥心畬古木幽巖山水小卷以應坤堯吾兄之屬，即希正拍。己卯八月，鶴邑李國明並書。

樹古巖低世外存。揮毫槃礴想王孫。
凡情俗韻都拋盡，此是書生不二門。

題西山逸士山水卷。庚辰十一月，何乃文。（二〇〇〇）

殘山與賸水，惆悵舊王孫。
水帶興亡淚，山疑豪傑魂。
有心追馬夏，無力轉乾坤。
邈矣西山士，千秋留墨痕。

溥心畬先生畫卷為坤堯仁兄題。庚辰冬日，洪肇平題于侵雲樓。

一幅輞川明眼開。淋漓元氣撲人來。
騷壇皆仰神來筆，倜儻皇孫不世才。

庚辰冬，何幼惠。

喬木焉知歲，深巖傍水幽。
滄桑無可慮，風雨不須愁。
汲古終生好，抒懷一卷留。
王孫彌足貴，健筆自千秋。

坤堯詞長囑題所藏溥心畬古木幽巖手卷，即希兩政。庚辰葭月，盧為峰。

王孫盤薄。馬夏棱棱餘一角。翠古巖幽。閱世何因更遠遊。
照沙依水。陵谷銷沉寧有此。故國溪山。未許時人冷眼看。

〈減字木蘭花〉詞為坤堯先生題溥心畬古木幽巖圖。辛巳，陳永正。（二〇〇一）

眼福不淺

壬午初冬觀心畬先生古木幽巖畫卷于香港中文大學會友樓。題應坤堯先生雅囑。常熟陳煒湛。（二〇〇二）

古木鬱森森，鳳鳥來不已。
幽巖若蒼龍，茫茫白雲裏。
欲訪赤松子，遺棄英雄弭。
林風吹解帶，獨坐彈綠綺。
功業重且遠，還歸濯纓水。
一觀即心傾，再觀凡心死。

題心畬先生畫。坤堯先生雅囑。乙酉春，鍾東奉。（二〇〇五）

停雲招飲藥樓家。仙樂飄飄謫彩霞。
佳句琳瑯雕藻翰，綺懷隱約泛靈槎。
碧潭高會瑤池宴，古木幽巖上苑花。
青眼相邀留後約，江山風雨綰龍蛇。

伯時邀約停雲社宴，藥樓高會，詩仙詞客，一座星輝。余出示溥心畬古木幽巖手卷，廣邀題詠。黃坤堯。（一九九六）

《古木幽巖》圖卷題詠後記

八十年代初，溥師太李墨雲涖港會親，晤見女兒孫女，住宿佐敦道青年會，樂聚天倫。余隨侍左右，負責接送，獲贈溥心畬書畫山水一幅題「樹古多依水，巖低盡照沙」、橫幅「居之安」【壬寅秋，四靈印】、五言對聯「雲凝芝蓋起，心轉玉繩明」、條幅〈庚子鳳凰閣作〉四件。詩云：「鳳閣臨湯谷，平看路幾盤。微霜連竹樹，密雨失峰巒。讀易忘春水，吟詩度歲寒。倚窗蕉葉色，蒼翠亦經年。」披圖觀賞，親炙大師手澤；悅目澄懷，優遊藝苑詩書。人間至寶，樂如之何！其後山水一幅蒙臺公靜農題寫「古木幽巖」四字，雲煙聳翠，繡錦添輝；古樸蒼勁，元氣淋漓。連獲汪中、勞天庇、蘇文擢、顧植槐諸家賞玩，增色手卷。一九九六年，沈秋雄邀約停雲社宴，假臺北張夢機藥樓寓所舉行盛會，因攜卷出席，廣邀題詠，喜得陳新雄、沈秋雄餽贈墨寶，其他羅尚、張夢機、邱燮友、陳文華、文幸福、杜松柏、陳滿銘諸家詩作，則由陳樹衡抄錄為一卷。日後李鴻烈、黎曉明、李國明（鶴邑）〈踏莎行〉、何乃文、洪肇平、何幼惠、盧為峰、陳永正〈減字木蘭花〉、陳煒湛、鍾東諸家續有佳製，山高水長，源流正變；琳瑯滿目，眼福不淺矣。其餘溥氏橫幅、對聯、條幅墨寶三件附錄於後，膜拜頂禮，發思古之幽情；弘揚藝苑，猶眾星之拱月。癸卯臘月，黃坤堯記。

肆

清懷文錄圖集

圖 1.《清懷文言》

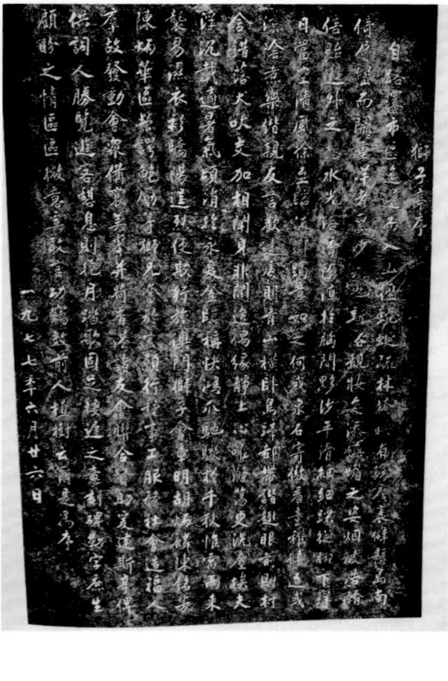

圖 2.《黑沙獅子亭記》

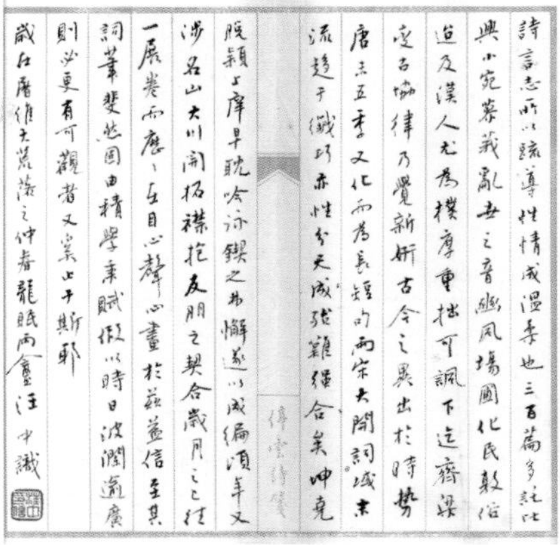

詩言志所以疏導性情成溫柔也三百篇多託比
興小宛蓼莪亂世之音豳風場圃化民敦俗
迨及漢人尤為樸摩重拙可諷下逮齊梁
變古協律乃覺新妍古今之異出於時勢
唐末五季又化而為長短句兩宋大開詞域末
流趨于纖巧亦性分天成殊難強合矣坤堯
既穎上庠早耽吟詠鍥之弗懈遂以成編頃年又
涉名山大川開拓襟抱友朋之契合歲月之往
一展卷而歷歷在目心聲心畫於茲益信至其
詞筆斐然固由積學兼賦假以時日波瀾遂廣
則必更有可觀者又奚止于斯耶
歲在屠維大荒落之仲春龍眠雨盦汪中識

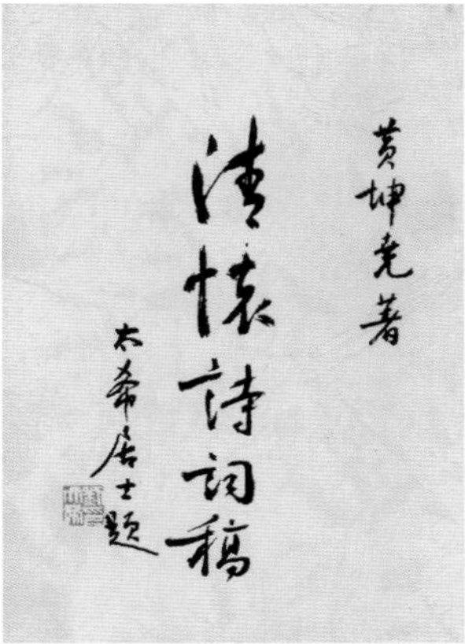

圖 3.《清懷詩詞稿》、《沙田集》

圖 4.《饒宗頤教授八十壽序》

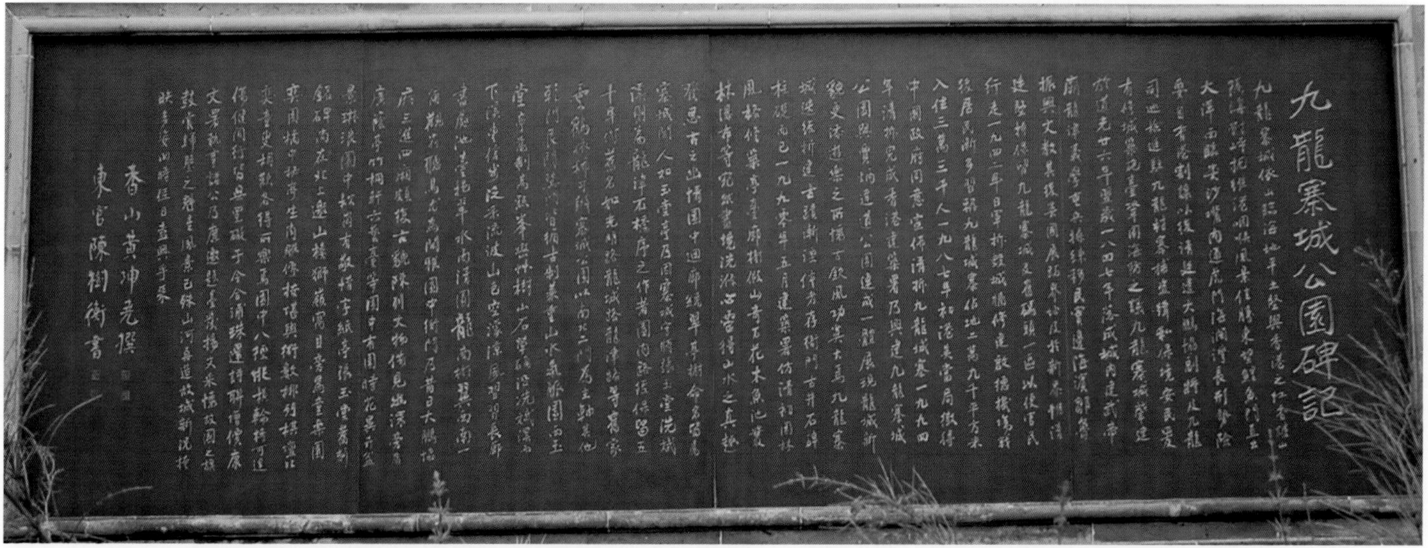

圖 5.《九龍寨城公園碑記》

圖 6.《伯元倚聲・和蘇樂府》、《清懷詞稿・和蘇樂府》

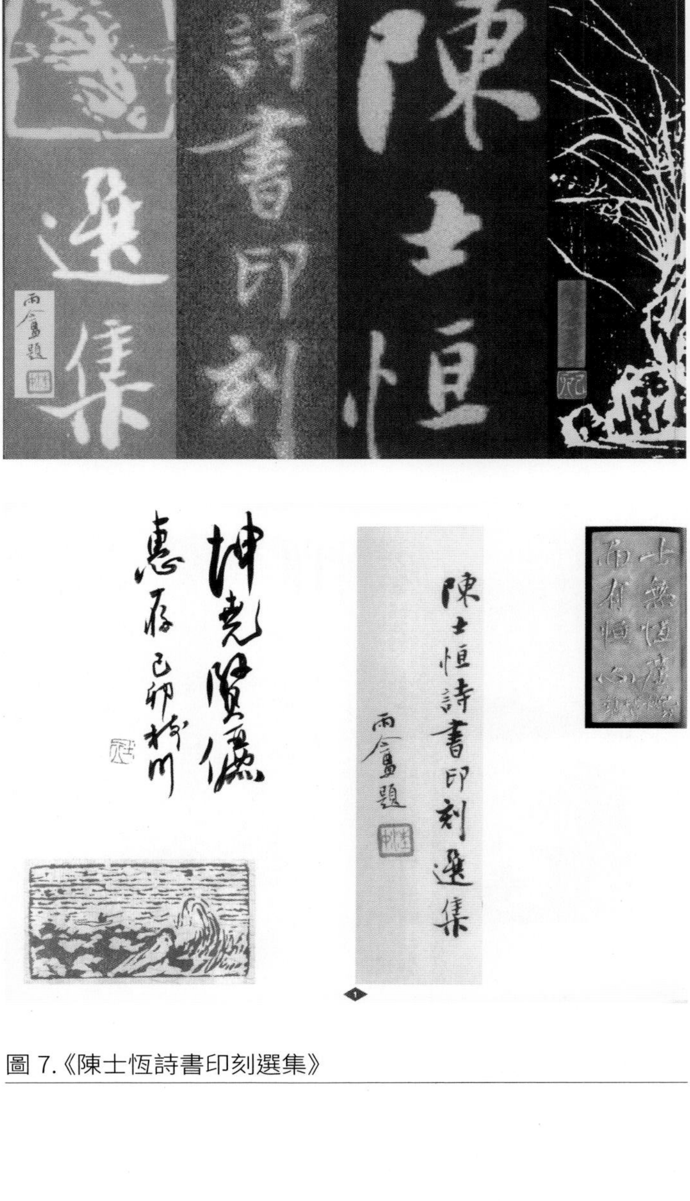

圖 7.《陳士恒詩書印刻選集》

圖 8.《清懷三稿》、《香港舊體文學論集》

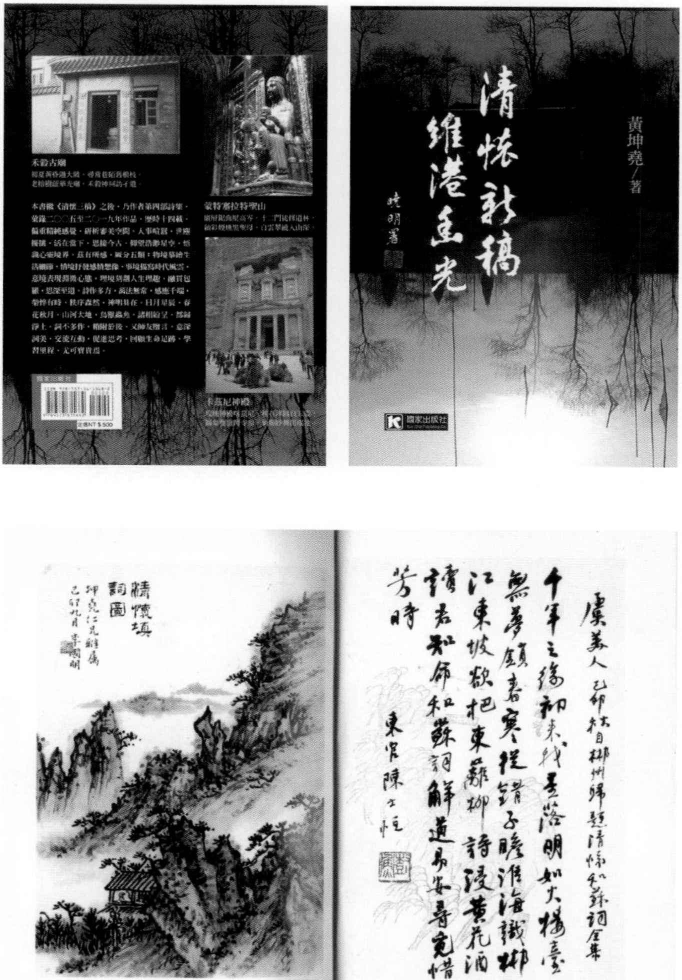

圖 9.《清懷新稿・維港幽光》、《清懷填詞圖》

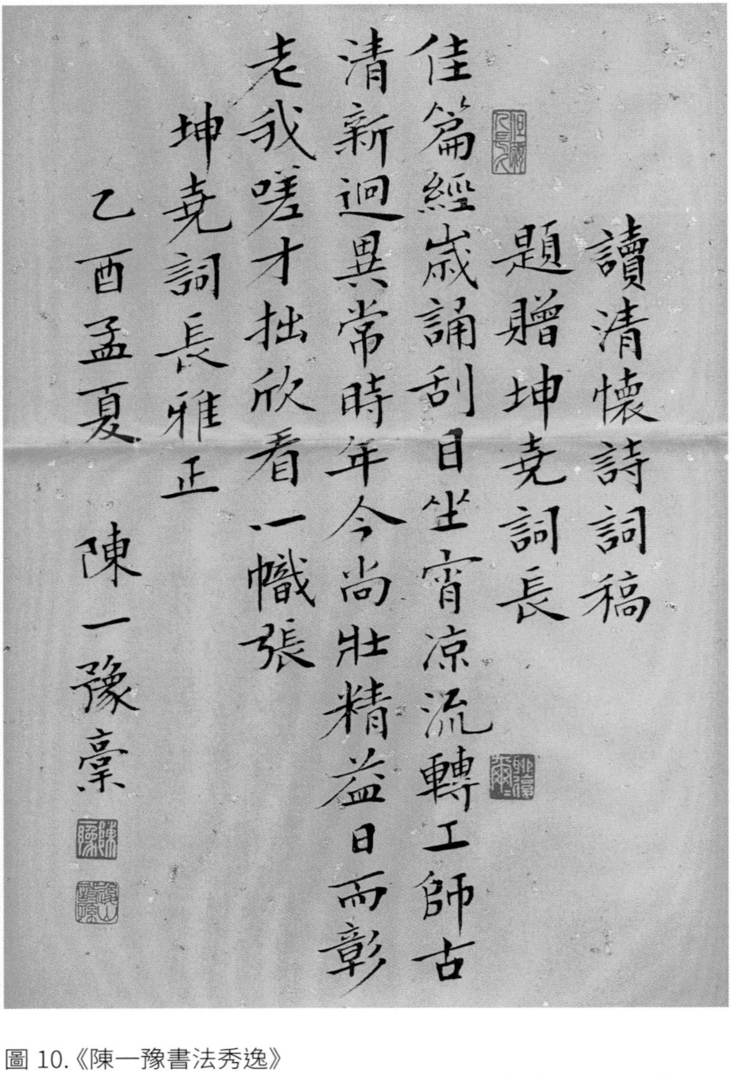
讀清懷詩詞稿
題贈坤堯詞長
佳篇經歲誦刮目坐宵涼流轉工師古
清新迥異常時年今尚壯精益日而彰
老我嗟才拙欣看一幟張
坤堯詞長雅正
乙酉孟夏 陳一豫稾

圖 10.《陳一豫書法秀逸》

圖 11. 啟功《蘭竹圖》

圖 12. 啟功遊海洋公園、饒宗頤教授八十壽慶

李茗柯

圖 13. 顧蒓對聯、滄海樓藏李尹桑刻印

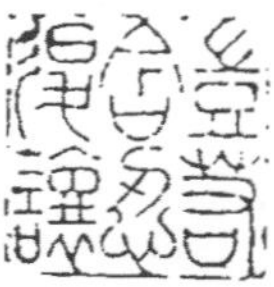

虞民

师实

冯师韩

邓尔雅

胡毅生

冯康候

林千石

卢鼎公

彭侣

圖 14. 滄海樓名家印存

圖 15.《清懷聯語》

玉塔蒼松，靄靄雲霞炳蔚；

雄雞曉日，泠泠山海清芬。

圖 16. 松山聯

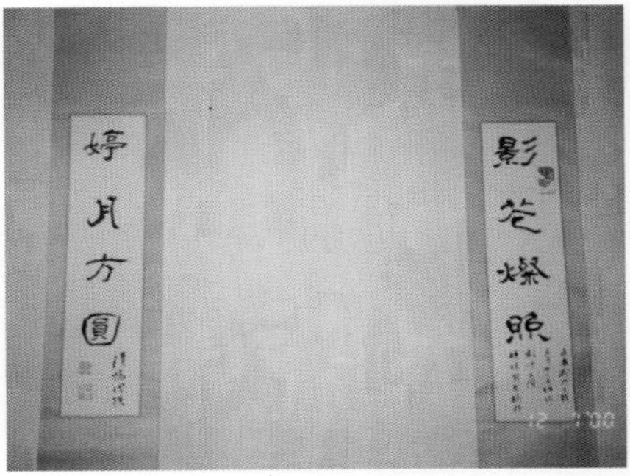

圖 17. 影花燦照，婷月方圓（陳樹衡書）

圖 18. 書奉澳門行政法務司陳麗敏司長（陳樹衡書）

圖 19. 九龍寨城龍津亭（汪中書）

圖 20. 港灣道公園（陳樹衡書）

圖 21. 港灣道公園（陳永正書）

圖 22. 聯合苑三十年

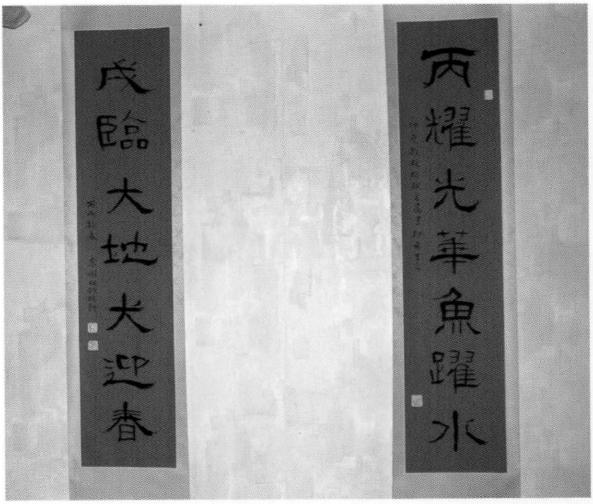

圖 23. 丙戌春聯（李國明書）、丁亥春聯（陳樹衡書）

泉女处
處身碧綠玄黃彩繪河山天地一時鐘漢水
女德幽閑淑善功涵文武聖明三代浴神泉
票务服务

處身碧绿玄黃彩繪河山
天地一時鍾灙水
聖明三代浴神泉
女德幽闲淑善功涵文武

處女泉

圖 24. 處女泉

圖 25. 中國文化研究所四十周年、中國文化研究所五十周年

圖 26. 戊子春聯（鍾東書）、戊戌年禧，寰宇清芬（沈秋雄書）

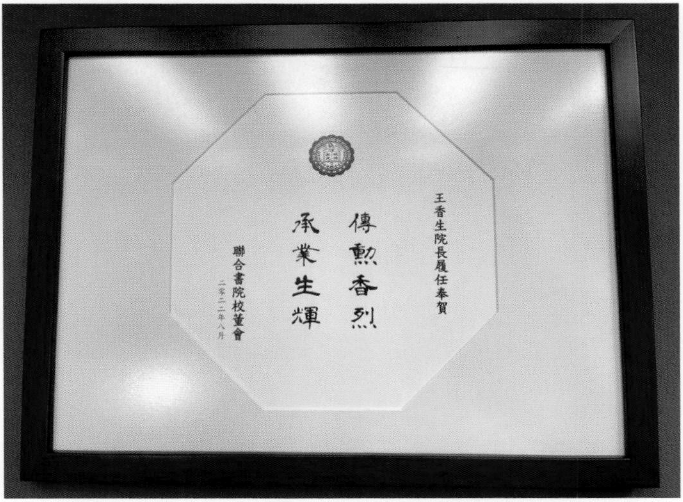

圖 27. 聯合書院五十五周年院慶、聯合書院王香生院長履新

圖 28. 香港中文大學中文系五十周年

圖 29. 晉朋、美婷同心好合

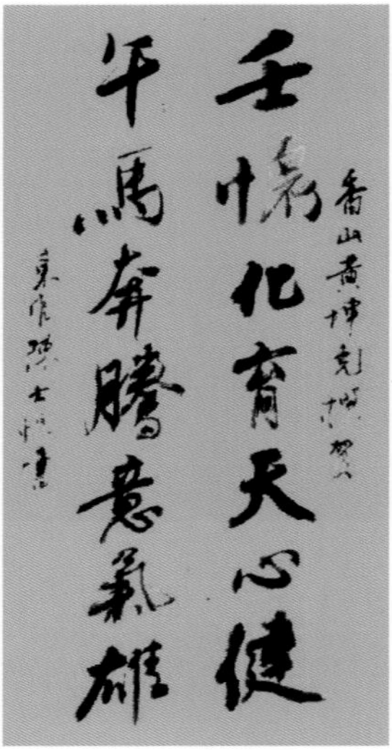

圖 30. 壬午春聯、壬寅春聯

圖 31. 己亥春聯、壬寅春聯（加拿大李國明書）

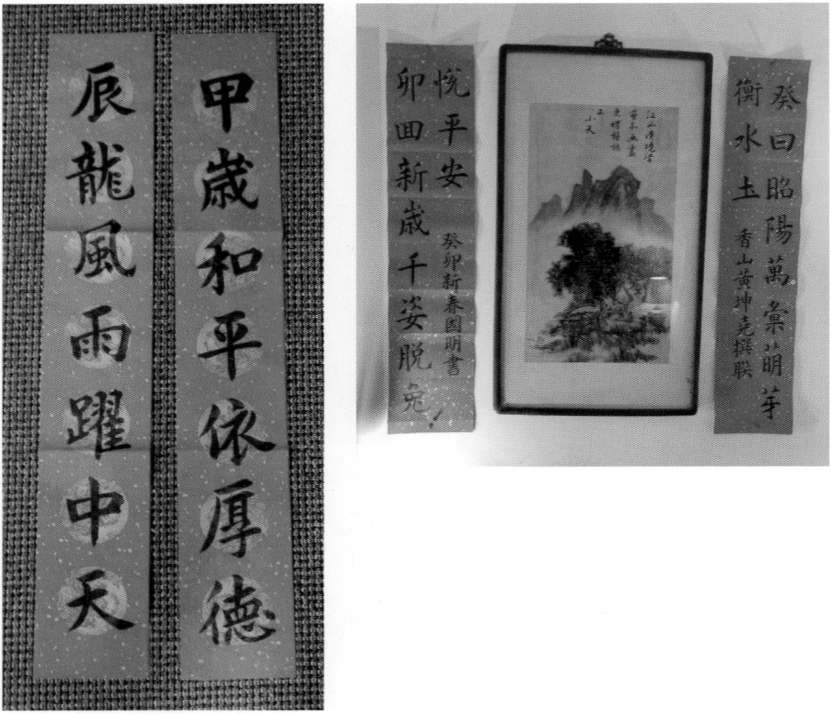

圖 32. 癸卯春聯、甲辰春聯（加拿大李國明書）

圖 33.《古木幽巖》

圖 34. 溥心畬《古木幽巖》圖卷

圖 35. 臺靜農題「古木幽巖」

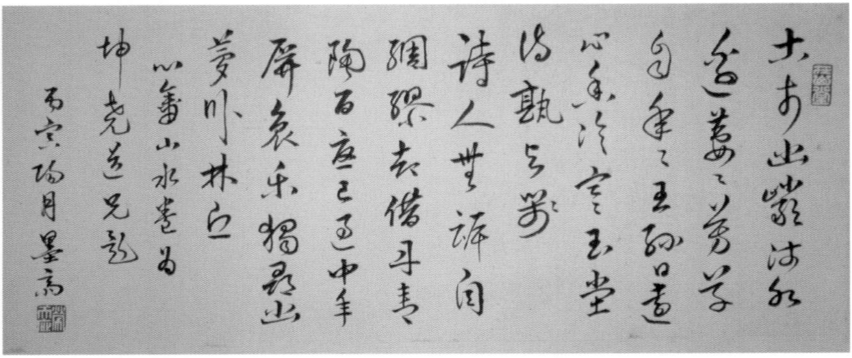

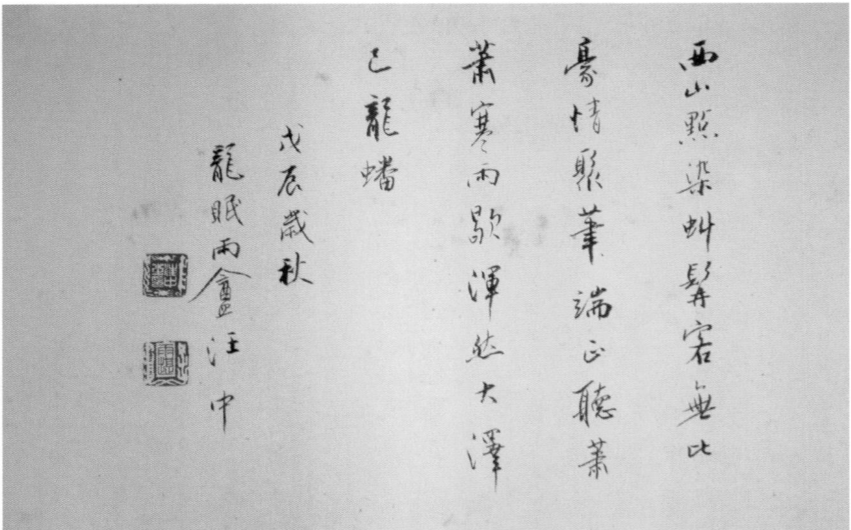

圖 36. 勞天庇題詠、汪中題詠

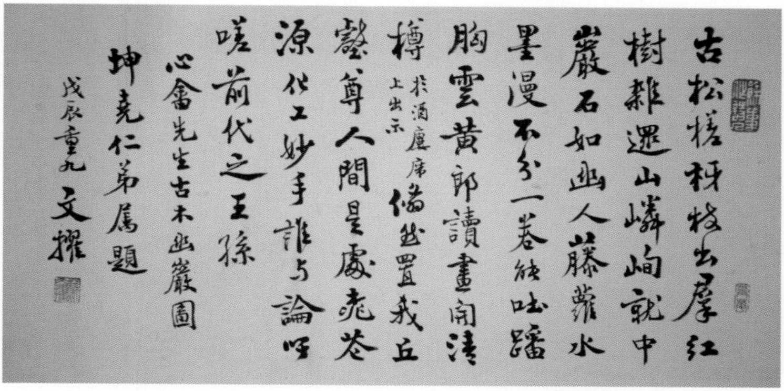

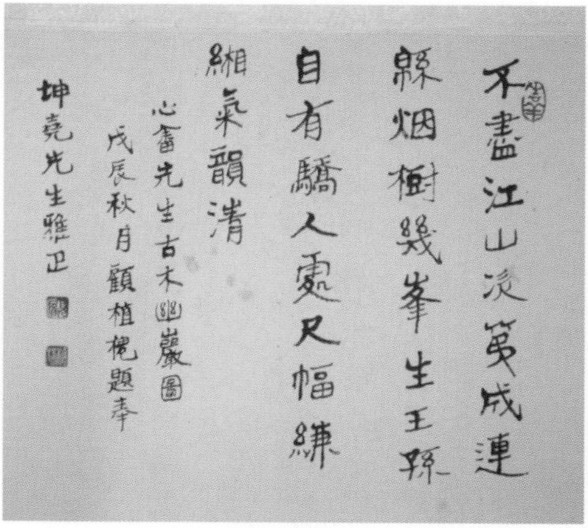

圖 37. 蘇文擢七古、顧植槐題詠

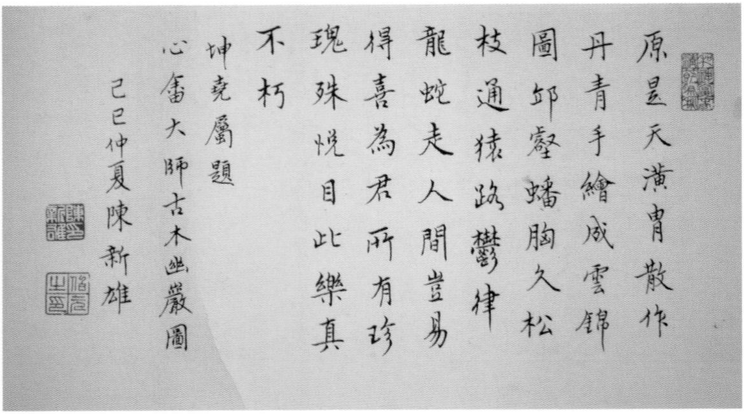
原是天潢胄散作
丹青手繪成雲錦
圖卻壑蟠胸久松
枝通猿路鬱律
龍蛇走人間豈易
得喜為君所有珍
瑰殊悅目此樂真
不朽
坤堯屬題
心畲大師古木幽巖圖
己巳仲夏陳新雄

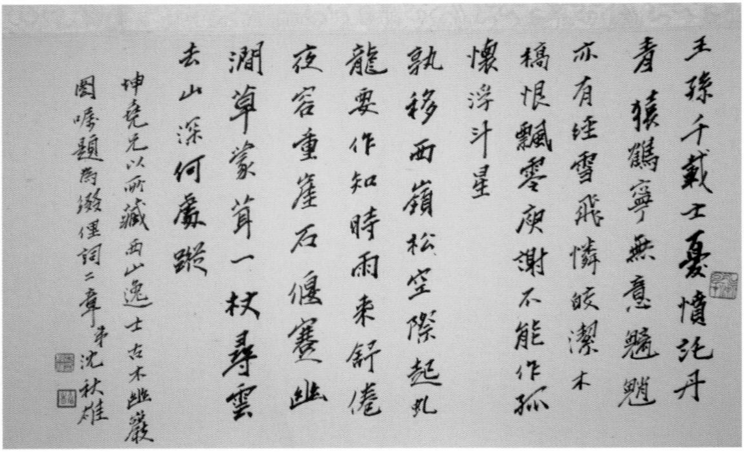
王孫千載士憂憤託丹
青猿鶴寧無意魑魅
亦有經雪飛憐皎潔木
槁根飄零庾謝不能作孤
懷浮斗星
孰移西嶺松空際起虬
龍要作知時雨來舒偃
夜容重崖石偃蹇幽
澗草蒙茸一杖尋雲
去山深何處蹤
坤堯兄以所藏西山逸士古木幽巖
圖囑題謹綴俚詞二章弟沈秋雄

圖 38. 陳新雄五古、沈秋雄五律

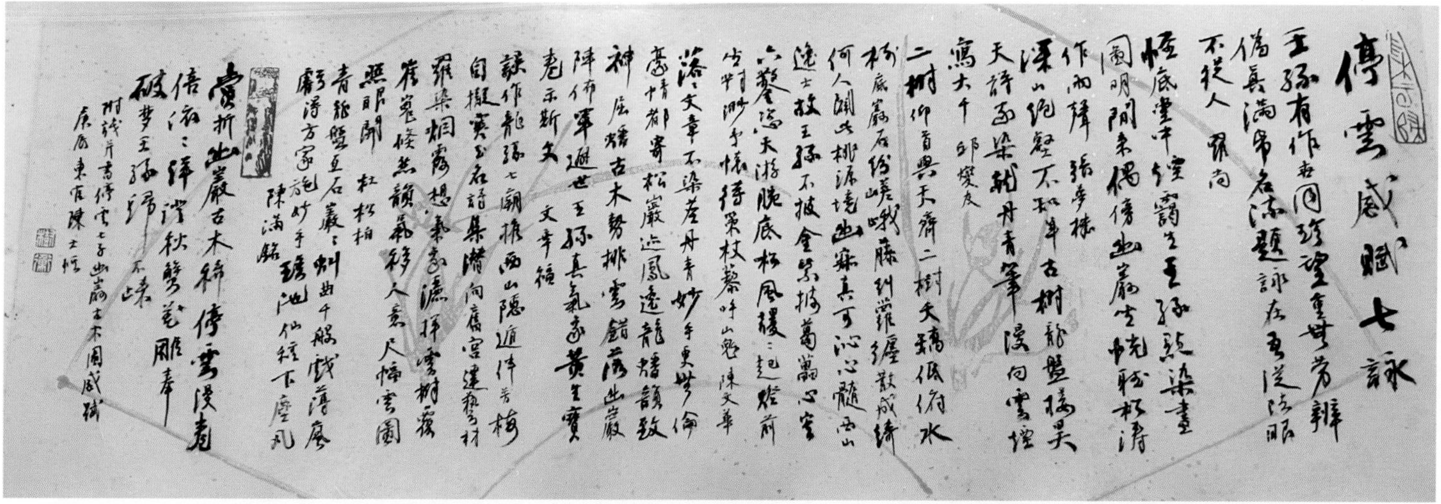

圖 39. 停雲感賦七詠（陳樹衡書）

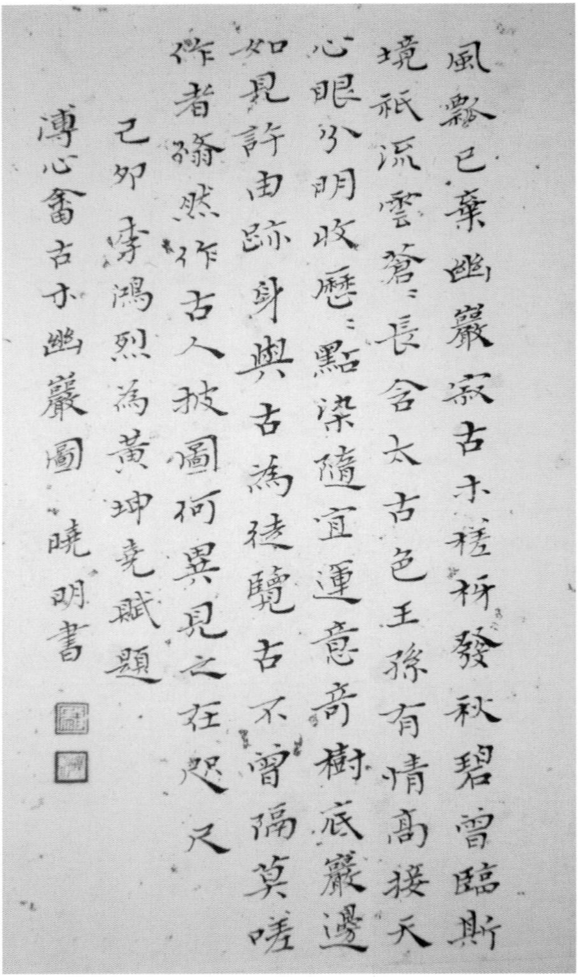
風谿已棄幽巖寂古木槎枒發秋碧曾臨斯
境祇流雲蒼蒼長含太古色王孫有情高接天
心眼分明收歷歷點染隨宜運意奇樹底巖邊
如見許由跡身與古為徒覽古不曾隔莫嗟
作者翛然作古人披圖何異見之在咫尺
己卯李鴻烈為黃坤堯賦題
溥心畬古木幽巖圖　曉明書

圖 40. 李鴻烈詩，黎曉明書

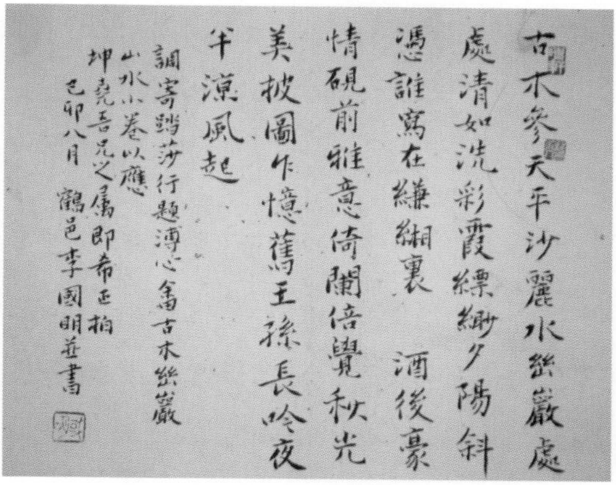

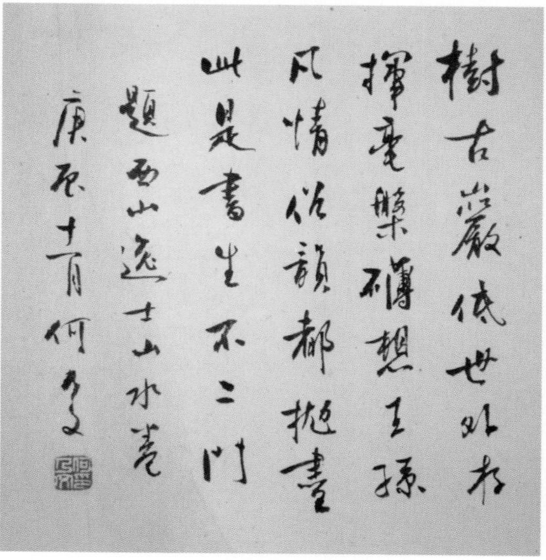

圖 41. 李國明〈踏莎行〉詞、何乃文題詠

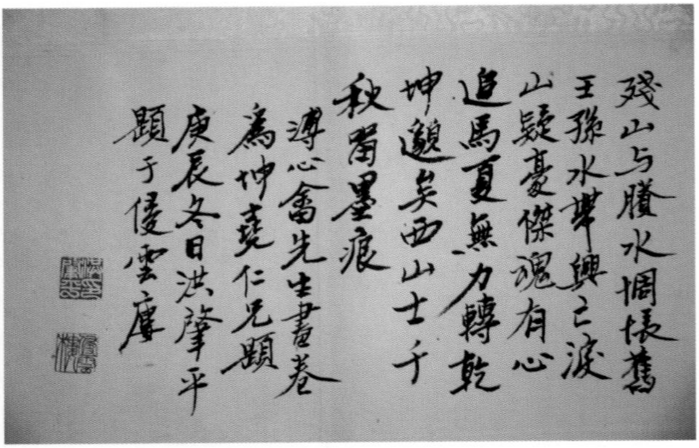
殘山与賸水惆悵舊
王孫水墨興亡淚
山疑豪傑魂有心
追馬夏無力轉乾
坤邈矣西山士千
秋留墨痕
溥心畬先生畫卷
爲坤堯仁兄題
庚辰冬日洪肇平
題于優雲盦

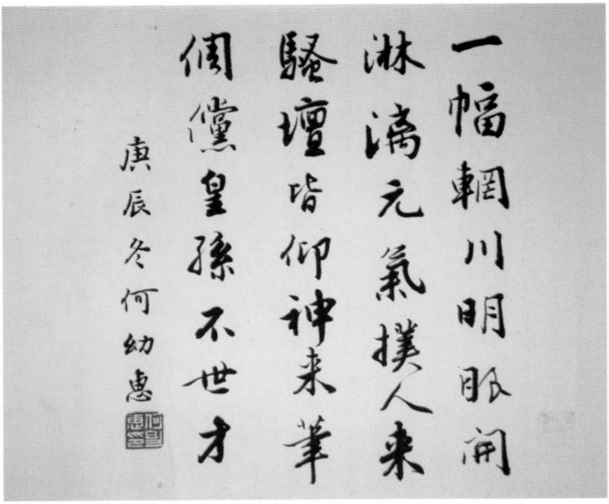
一幅輞川明眼開
淋漓元氣撲人來
騷壇皆仰神來筆
倜儻皇孫不世才
庚辰冬何幼惠

圖 42. 洪肇平題詠、何幼惠題詠

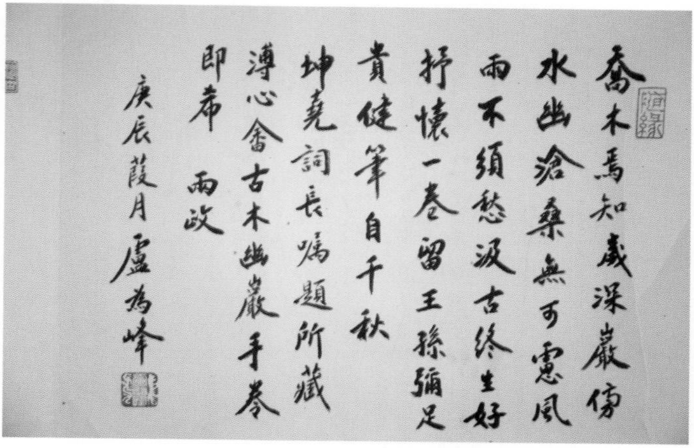

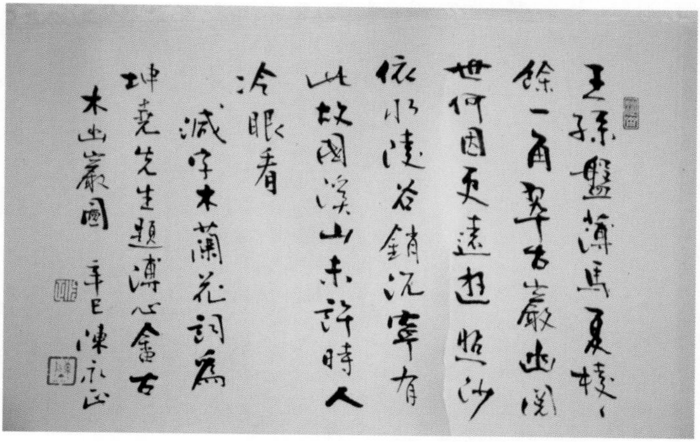

圖 43. 盧為峰題詠、陳永正〈減字木蘭花〉詞

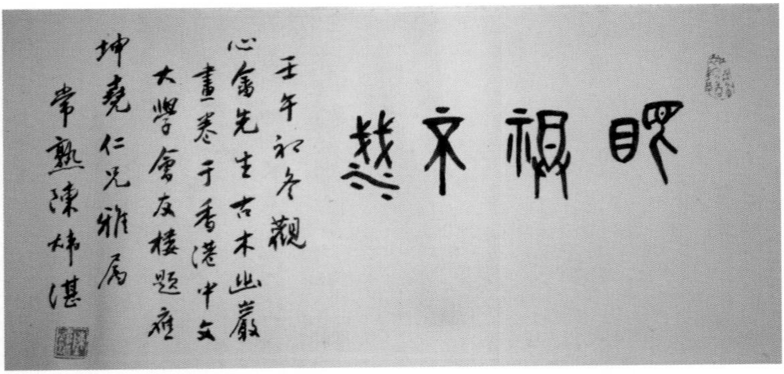

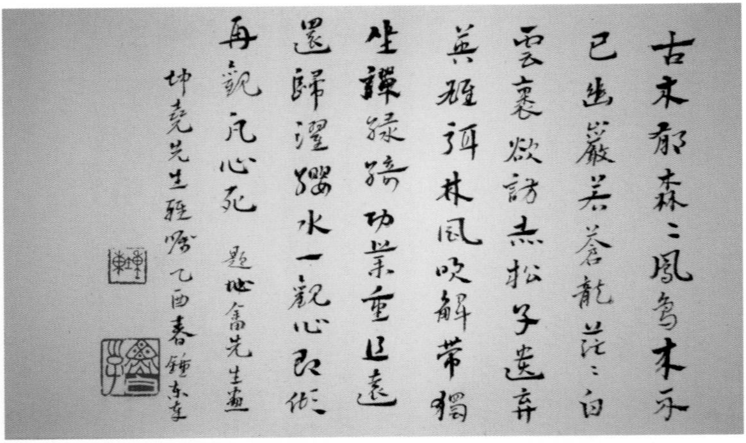

圖 44. 陳煒湛題「眼福不淺」、鍾東五古

圖 45. 溥心畬居之安

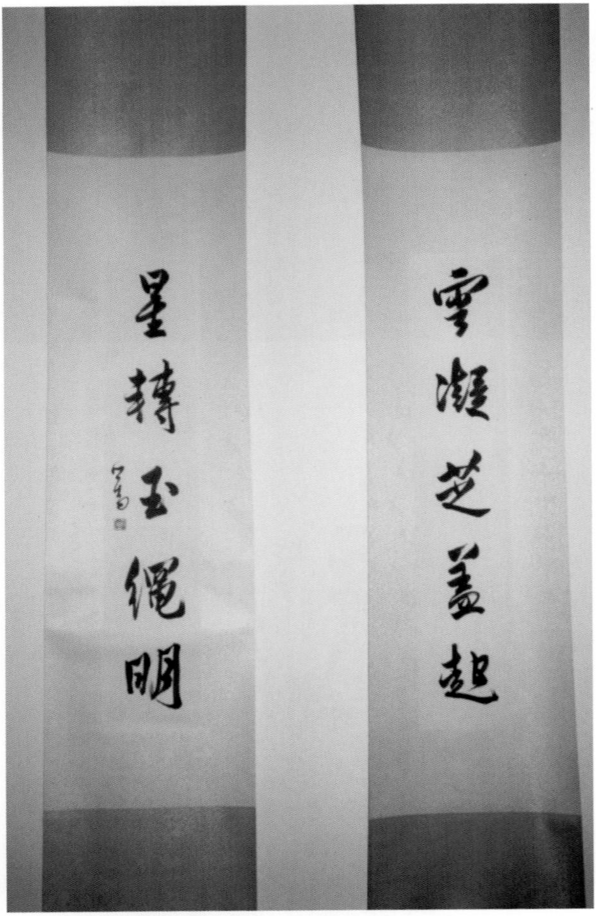

圖 46. 溥心畬五言對聯

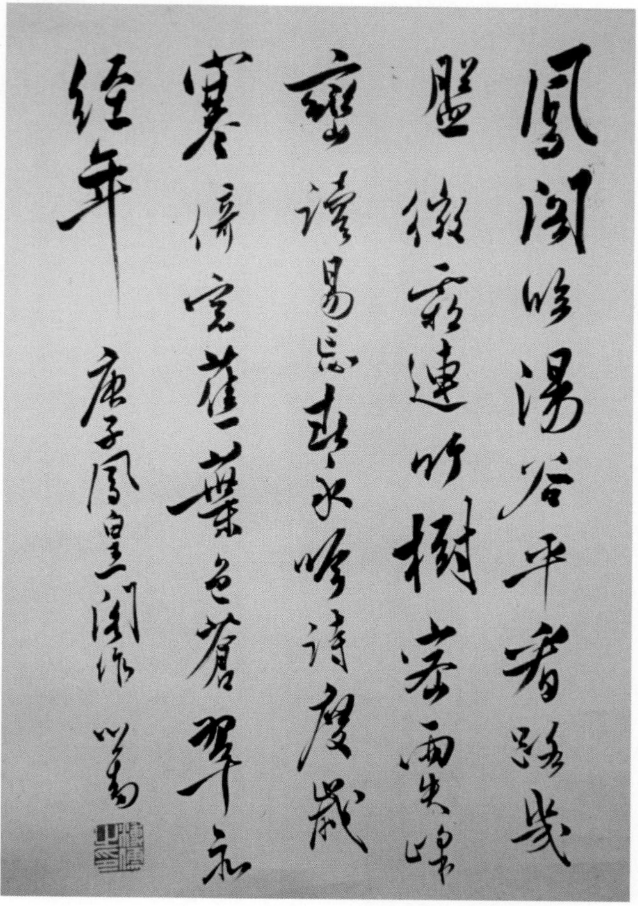

圖 47. 溥心畬〈庚子鳳凰閣作〉

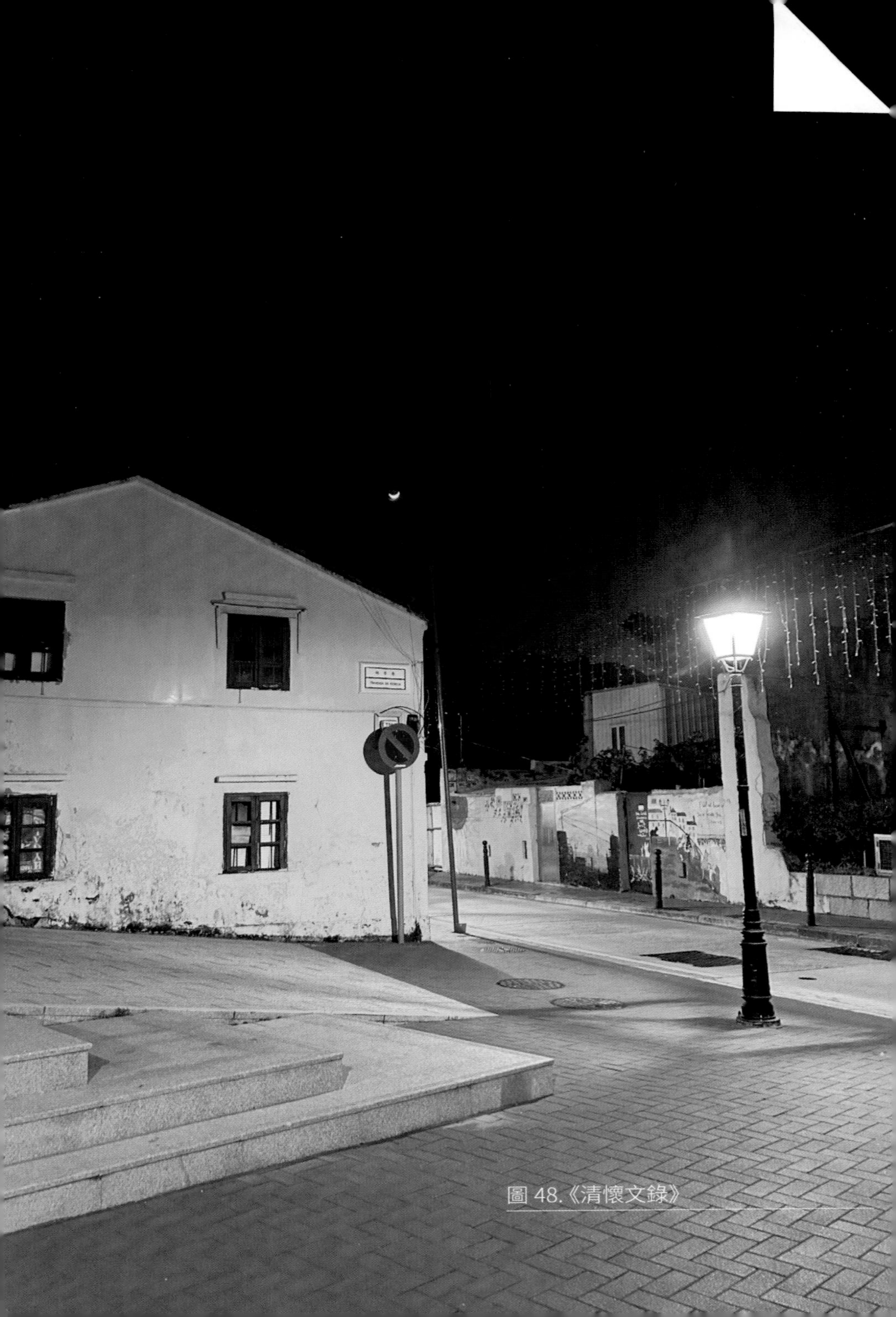

圖 48.《清懷文錄》